Doris Gercke · Ein Fall mit Liebe

Doris Gercke

Ein Fall mit Liebe

Ein Bella-Block-Roman

NAUMANN & GÖBEL

Die Gedichtzeilen von Alexander Blok
sind dem Band »Gedichte – Poeme«, München 1989, entnommen

Doris Gercke: Ein Fall mit Liebe
Lizenzausgabe für die Naumann & Göbel Verlagsgesellschaft mbH
in der VEMAG Verlags- und Medien Aktiengesellschaft, Köln
© 1994 by Hoffmann & Campe Verlag, Hamburg
Schutzumschlag: KGB – Kölner Grafik Büro
Gesamtherstellung: Naumann & Göbel Verlagsgesellschaft mbH
Printed in Germany
Alle Rechte vorbehalten
ISBN 3-625-20394-4

Ungestorben aber
die finstere Zeit, umher
geht meine Sprache und ist rostig von Blut.

Johannes Bobrowski

Ich weiß nicht, wie Sie darüber denken, aber manchmal kommt es mir vor, als hätten unsere Eltern uns zu etwas Besonderem erzogen, sagte die Frau.
Mit einer Gabel, deren mittlere Zinken zusammengebogen waren, versuchte sie, ein Salatblatt aufzuspießen. Es gelang ihr nicht, und sie blickte auf. Bevor sie ihr Gegenüber ansah, fiel ihr Blick auf eine Reihe von Rehgeweihen, die an der Wand angebracht worden waren. Es waren sieben, und sie waren alle gleich klein.
Entschuldigen Sie mich bitte einen Augenblick, sagte der Mann, zu dem sie gesprochen hatte. Er stand auf und verließ den Raum. Die Frau sah ihm nach, bevor sie sich wieder dem Salatblatt zuwandte. Sie legte das Messer und die verbogene Gabel sorgfältig über das Blatt, die Messerkante nach außen, und schob den Teller von sich.
Ein Bier trinke ich noch, dachte sie. Er wird nichts mehr sagen. Aber jetzt einfach weggehen wäre doch dumm.
Sie trank das Glas leer und hielt es dem Mann entgegen, als er wieder zur Tür hereinkam. Die Tür war eine Schwingtür, und sie schlug heftig hinter ihm hin und her.
Ein Bier noch, sagte sie lächelnd.
Der Mann kam zu ihr an den Tisch und nahm ihr das Glas ab, bevor er hinter den Tresen ging und sich an der Zapfsäule zu schaffen machte.
Ihr Vater war ein wunderbarer Mann, sagte er, während er darauf wartete, daß der erste Schaum im Glas zusammensank. Auf Ihre Eltern können Sie stolz sein. Ihre Mutter hat geholfen, wo sie nur konnte. Und Ihr Vater war wirklich ein wunderbarer Mann. Wissen Sie eigentlich,

nein, das können Sie wohl nicht wissen, was sein Lieblingsgetränk war? Apricot Brandy! Ja, da staunen Sie, was? Wir größeren Jungens durften manchmal an seinem leeren Glas nuckeln. Warten Sie, wir trinken ein Glas auf sein Wohl, während das Bier einläuft.

Einen Augenblick lang war nur das Ticken der Uhr über der Schwingtür zu hören. Die Uhr sah aus, als sei sie eine Kuckucksuhr. Die Zeiger zeigten genau acht Uhr an, aber die Frau wartete vergeblich darauf, daß sich die kleine Tür unter dem Zifferblatt öffnete. Wahrscheinlich war der Mechanismus kaputt.

So kaputt wie alles hier, dachte die Frau.

Der Mann kam hinter dem Tresen hervor und brachte das gefüllte Likörglas an ihren Tisch. Er stellte es vor sie hin, blieb stehen und sah von oben auf sie herab.

Weshalb setzen Sie sich nicht, sagte die Frau. Es ist so angenehm, von alten Zeiten zu reden.

Sie griff nach dem Glas und nahm einen kräftigen Schluck. Mit dir nicht, du alte Hexe, dachte der Mann, während er zusah, wie die Frau einen sehr kurzen Augenblick nach Luft rang und dann auf der Bank vor ihm zusammensank. Er hatte noch nie einen Menschen getötet, und er war nicht sicher, wie lange er warten mußte, bis die Frau wirklich tot war. Also blieb er stehen und zählte, ohne die Lippen zu bewegen, bis hundert, bevor er begann, den Oberkörper der Toten aus der Bank zu ziehen. Die Frau war zu Lebzeiten leicht gewesen, und noch hatte der Tod sie nicht schwerer gemacht.

Jetzt hab ich tatsächlich eine Leiche im Keller, dachte der Mann, während er den Körper der Toten durch die Schwingtür zog. Bisher hatte es die Leiche im Keller nur in seinen Träumen gegeben.

Bella fuhr langsamer, entdeckte eine Parklücke und lenkte den Porsche nach rechts. Sie parkte ihn langsam und sorgfältig, beobachtet von zwei Zwölfjährigen, die neben der Parkuhr standen, Bewunderung für das alte Modell in den Gesichtern. Sie stellte die Zündung ab, und die Kassette sprang heraus. Es war still. Sie blieb sitzen und horchte den Versen von Alexander Block nach, die sie gerade gehört hatte.

Ich lief in bunten Lappen herum
Und trug eine häßliche Maske.
Andauernd lachte ich auf den Festen
Und erzählte Geschichten.

Es war ihm wohl nicht gutgegangen, ihrem Großvater, als er das geschrieben hatte. Der Dichter als Narr.
Sie stieg aus und schloß den Wagen ab. Die beiden Jungen waren verschwunden. Auf dem Straßenschild neben dem Wagen stand: Porschestraße.
Sie hatte einen Teil des Nachmittags in der Herzog-August-Bibliothek in Wolfenbüttel verbracht, die Stadt und das Lessinghaus angesehen und nach dem sorgfältig restaurierten 18. Jahrhundert, das sie gerade verlassen hatte, erschien ihr der Anblick der Wolfsburger Innenstadt brutaler, als er vielleicht wirklich war.
Nach ein paar Schritten erreichte sie die strahlend beleuchtete Beton-Fußgängerzone. Sterne hingen über ihrem Kopf. Aus verborgenen Lautsprechern waren Weihnachtslieder zu hören. Es war kurz nach sechs Uhr, und

dafür, daß die Läden um diese Zeit schlossen, waren entschieden zu viele Menschen unterwegs. Während sie langsam weiterging, eine Kneipe suchend, wurde sie ein paarmal angerempelt. Sie setzte sich in das erste Café, das sie sah, fühlte sich hinter den Scheiben in Sicherheit und bestellte Glühwein.
Vor den Scheiben wurden es nicht weniger, sondern mehr Leute. Neben ihr am Tisch saß ein Pärchen, Mann und Frau im Partner-Look. Draußen liefen ähnliche Pärchen herum, meist zwischen dreißig und vierzig, teuer und geschmacklos gekleidet, mit gierigen Gesichtern. Manche hielten einander an den Händen gefaßt, um sich im Gewühl nicht zu verlieren. Ein Trupp brüllender Kahlköpfe zog vorüber. Hinter ihr, in einer Ecke des Cafés, erzählte jemand einen Witz, in dem ein »Ossi« von einem »Wessi« betrogen wurde, ohne es zu merken. Der Witz war lang und dumm, ebenso wie das anschließende Gelächter. Als die Serviererin mit dem Glühwein kam, sah Bella zwei Paaren zu, die sich gegenseitig von einem Schaufenster mit Spielwaren zu verdrängen suchten. Kinder sah sie nicht. Die Serviererin stellte das Getränk vor ihr auf den Tisch. Es duftete plötzlich nach Zimt und Orangen.
Riecht ja wunderbar, sagte Bella.
Ist unsere Spezialität, antwortete die Serviererin und wandte sich zum Gehen.
Sagen Sie, was ist hier los? fragte Bella, ich meine, weshalb sind so viele Leute unterwegs?
Die Frau drehte sich noch einmal um. Auch das Paar vom Nachbartisch sah auf.
Wieso, sagte die Serviererin, es ist doch langer Donnerstag. Sie hätte auch sagen können: Wissen Sie nicht, daß die Welt rund ist? Der Ton wäre der gleiche gewesen. Bella sah wieder auf die Einkaufsstraße. Das Gewühl war so dicht, daß es ihr schwerfiel, einzelne Frauen oder Männer zu beobachten. Die Stimmung schien so aggressiv,

daß sie froh war, durch die Glasscheibe von den Menschen getrennt zu sein. Wölfe, dachte sie, die Wolfsburger reißen sich gerade ihren Wohlstandsanteil aus den Läden. Dabei zuzusehen war kein Vergnügen.
Sie trank den Glühwein zu schnell, verbrannte sich die Zunge, legte Geld auf den Tisch und verließ das Café. Draußen empfingen sie Weihnachtslieder. Sie beeilte sich, das Auto zu erreichen. Als sie den Wagen anließ, begann ein Sprecher, die Themen der Abendnachrichten vorzulesen. Im Kommentar würde sich ein Journalist mit der Einführung der Vier-Tage-Woche bei VW in Wolfsburg befassen. Bella stellte das Radio ab. Vor ein paar Tagen hatte Olga sie angerufen, zu früh und zu laut, wie üblich.
Bella, mein Kind, stell dir vor, was ich eben gelesen habe: Die Nazis haben diesem Porsche neunzehnhundertsiebenunddreißig die »Goldene Fahne für Musterbetriebe« überreicht!
Bella, verschlafen und ärgerlich, hatte nicht verstanden, weshalb Olga sie deshalb wecken mußte. Es blieb ihr trotzdem nichts anderes übrig, als Olga zuzuhören. Überleg doch mal: VW, damals Musterbetrieb, heute Musterbetrieb! Mutter, wovon sprichst du?
Sag mal, liest du keine Zeitungen? Also, sie machen doch jetzt die Vier-Tage-Woche, aber ohne Lohnausgleich. Die Gewerkschaft kriecht zu Kreuze, und die VW-Belegschaft geht wieder mit gutem Beispiel voran.
Bella hatte »bis später« gemurmelt und den Hörer aufgelegt. Jetzt fiel ihr das Gespräch wieder ein. Wahrscheinlich hat Olga recht, dachte sie, mustergültiger kann zur Zeit wirklich niemand vormachen, wie man mit dem Trick der Vier-Tage-Arbeits-Regelung eine große Belegschaft bei der Stange hält.
Sie fuhr an und war froh, als sie die Landstraße erreicht hatte. Es waren nur wenige Autos unterwegs, erst in zwei Stunden würde der Verkehr wieder zunehmen.

Was werden die Leute tun, wenn sie mehr freie Zeit und weniger Geld haben, überlegte sie. Darüber müßte sich mal jemand Gedanken machen.

Im Schnee am Straßenrand standen die gläsernen Augen eines Fuchses. Sie fuhr langsamer, stellte das Radio an, schob die Kassette zurück und hörte Willy zu, die Gedichte von Alexander Block vortrug.

Wilhelmina van Laaken, genannt Willy, war Bellas Sekretärin, Mitarbeiterin, Diskussionspartnerin, Putzfrau – sie war unentbehrlich und fühlte sich auch so. Bella hatte sie über eine Vermittlung studentischer Arbeitskräfte kennengelernt. Willy studierte Astrophysik und hörte nebenbei Vorlesungen über Literatur, im Augenblick gerade bei den Slawisten. Sie war klein, blond, pummelig und ungeheuer lebendig und klug. Die Kassette war eine Überraschung »für unterwegs«. Willy gab sich beim Sprechen große Mühe, und Bella lächelte. Sie war froh, bald zu Hause zu sein.

Seit Olga, Kommunistin und hoch in den Achtzigern, eingesehen hatte, daß sie den Sieg des Sozialismus nicht mehr erleben würde, stand sie morgens nicht mehr um sieben Uhr, sondern erst um acht auf. Der Entschluß war nicht plötzlich gefaßt worden, sondern das Ergebnis längerer sorgfältiger Überlegungen. Sie hatte beschlossen, der großen Müdigkeit, die sie, wie viele andere, nach dem Zusammenfallen der DDR überkommen hatte, nicht nachzugeben. Das einzige Zugeständnis, das sie zu machen bereit war, hatte darin bestanden, morgens eine Stunde später aufzustehen.
Es war ihr nicht schwergefallen, sich zu beschäftigen, auch als die Genossen immer weniger wurden und sie schließlich das Parteibüro aufgeben mußten, weil die Zuschüsse aus dem befreundeten Ausland ausblieben. Als Beschäftigung hatte sie allerdings nicht die üblichen Tätigkeiten gewählt, mit denen Frauen im Alter gemeinhin ihre Zeit totschlagen.
Ich bin keine Köchin und keine Putzfrau, pflegte sie Bella zu antworten, wenn die, was hin und wieder vorkam, über die Unordnung in der Wohnung ihrer Mutter oder deren Vorliebe für Pommes frites mit Mayonnaise ein Wort verlor.
Früher hat sie ihre Unordnung mit der notwendigen Arbeit für die bevorstehende Revolution begründet, dachte Bella, lächelte und schwieg. Sie bewunderte Olgas Fähigkeit, flexibel auf die Veränderung der Welt zu reagieren, ohne ihre Prinzipien aufzugeben.
Olga hatte ihren Glauben an den Sieg des Sozialismus nicht verloren. Nur über den Zeitraum, der dazu noch durchmes-

sen werden mußte, machte sie keine genauen Angaben mehr. Sie wurde auch von niemandem mehr danach gefragt. Regelmäßig traf sie sich mit einigen alten Freunden. Gemeinsam analysierten und kritisierten und schätzten sie ein, was das Zeug hielt. Aber auch in dieser Runde war niemand mehr bereit, Prognosen darüber abzugeben, wann die ersehnte grundsätzliche Veränderung der gesellschaftlichen Verhältnisse Wirklichkeit werden würde.

Eine Zeitlang waren sie ohne Anleitung von oben geblieben, als die Strukturen der Partei zerfielen und sich niemand darum kümmerte, was die wenigen noch existierenden Mitglieder dachten, geschweige denn zu denken hatten. Trotzdem war Olga immer sehr gut über innen- und außenpolitische Ereignisse informiert gewesen und sicher, wie sie zu beurteilen waren. So hatte es sich ergeben, daß Olga bei diesen Zusammenkünften der Vorsitz zugefallen war.

Sie hatte ihre neue Tätigkeit mit Vergnügen aufgenommen. Mit diesem Amt hing zusammen, daß sie sich nicht langweilte. Olga las Zeitungen und wertete sie aus. Die Unordnung, die Bella gelegentlich kritisierte, hing damit zusammen, daß sie ein ungewöhnliches System entwickelt hatte, die Ausschnitte, die ihr wichtig erschienen, zu archivieren. Sie hatte sich, Sonderanfertigung eines mit ihr befreundeten Mannes, der sich nach einigen Jahren erfolgloser politischer Arbeit auf seine eigentlichen Fähigkeiten besonnen hatte und wieder Tischler geworden war, über zwei Wände ihres Wohnzimmers Archivkästen bauen lassen. Die Anregung dazu hatte sie aus einem Buch über Peter Weiss entnommen, dessen Werk sie bewunderte. Der Bau der Kästen war so teuer geworden, daß Olga sich zu der Bemerkung veranlaßt sah: Bella, mein Kind, ich werde dir kaum Bargeld hinterlassen können.

Bevor die Ausschnitte in die sorgfältig beschrifteten Kästen gelangten, hatten sie die Zwei-Monats-Prüfung zu überstehen, die Anlaß für die Unordnung in Olgas Wohnung war. Die Ausschnitte wurden, nach Themen sortiert, auf jeder sich anbietenden freien Fläche gelagert.

Im Lichte der Geschichte, pflegte Olga erstaunten Besucherinnen zu erklären (sie hätte übrigens auch gern männliche Besucher empfangen, es gab aber kaum noch Altersgenossen), verlieren manche Ereignisse sehr schnell an Bedeutung. Aber das ist nicht entscheidend. Das wichtigste ist, daß viele Lügen sich schon nach kurzer Zeit als das herausstellen, was sie sind. Oder wollt ihr, daß ich meine teuer bezahlten Archivwände mit den Lügen der Politiker anfülle?

Das Argument überzeugte immer. Die Besucherinnen versuchten, zwischen der angeblichen oder wirklichen Trunksucht des russischen Präsidenten, gerade bekanntgegebenen Arbeitslosenzahlen der europäischen Länder, Prognosen über die wirtschaftliche Entwicklung der Bundesrepublik oder zum Waldsterben in der Tschechischen Republik ein Plätzchen zu finden. Ihre Kaffeetassen hielten sie in den Händen, vergnügt und mit dem Bewußtsein, ihren Nachmittagskaffee in einer Wohnung zu sich zu nehmen, in der den Regierenden in aller Welt auf die Finger gesehen wurde.

Jetzt allerdings hatte Olga ihr Tagewerk noch nicht begonnen. Sie war wach, hatte sich vorsichtig und langsam auf den Rücken gelegt und horchte auf die Geräusche aus dem Treppenhaus. Ihre Wohnung lag im Parterre. Sie wußte, ohne es zu sehen, wer gerade die Treppe herunterkam, wer das Haus verließ und wer zurückkehrte; ein Ergebnis des Umstandes, daß sie seit mehr als dreißig Jahren in diesem Haus wohnte. Ende der fünfziger Jahre war sie, gemeinsam mit Bella und sieben anderen Familien, in das von Bomben beschädigte und wiederhergestellte Haus eingezogen. Zuerst nahm man im Haus an, daß Olga Kriegerwitwe sei, was sie bei jeder passenden Gelegenheit richtigzustellen versuchte. Sie begann dann mit ausführlichen Erklärungen darüber, daß sie Russin sei, vor Stalin nach Spanien

geflohen, also eigentlich Spanienkämpferin. Deshalb habe Bella auch keinen bestimmten Vater (und sie sei nicht Witwe), sondern sei ein »Kind der Republikaner«. Selbstverständlich verwirrte diese Erklärung die Hausbewohner nur. Diese Tatsache und ihre kommunistische Überzeugung hatten ihr Verhältnis zu den anderen Mietparteien im Laufe der Jahre erheblichen Schwankungen unterworfen. Inzwischen waren die Ehemänner im Haus gestorben, begraben und lebten nur noch in der Erinnerung der zurückgelassenen Frauen. Olgas äußere Existenz unterschied sie nicht mehr von der der anderen. Jetzt schienen sie vor der Zeit alle gleich zu sein. Die Folge war, daß sich im Haus unter den acht alten Frauen eine friedliche, ein wenig wehmütige Atmosphäre entwickelt hatte, in der es sogar möglich war, einander Trost zu spenden. Auch Olga, in manchen Dingen im Alter eben doch ein wenig nachlässiger geworden, wäre durchaus bereit gewesen, sich dieser Atmosphäre, über alle Klassenschranken hinweg, hinzugeben. (Die Witwe eines Regierungsrates und eine, allerdings sehr arme, Tiermalerin, deren Mann ebenfalls Tiere bei jeder Beleuchtung gemalt hatte, gehörten nach Olgas Vorstellungen nicht unbedingt zur arbeitenden Klasse.) Nur die Person, die gerade jetzt die Treppe heruntergehumpelt kam, hinderte sie daran. Selbst in diesem Augenblick, durch Bettdecke, Flur und Wohnungstür von der Person getrennt, mit der sie in Dauerfehde lag, kniff Olga die Augen zusammen und verzog verächtlich den Mund. Die unzähligen Runzeln in ihrem Gesicht und die auf dem Kopf zusammengebundenen weißen Haare ließen sie dabei aussehen wie die Hamburger Zitronenjette auf einem alten Stich.
Olga lag und wartete darauf, daß die Person zur Tür hinaushumpelte und die Tür hinter ihr ins Schloß fiele. Statt dessen waren die Schritte plötzlich nicht mehr zu hören. Olga sah auf die Uhr. Es war kurz vor acht. Der Briefträger konnte noch nicht dagewesen sein. Besuchte die Person die Nachbarin?

Die Nachbarin im Parterre war eine flinke kleine Frau, die mit allen im Haus gut Freund, aber mit niemandem wirklich befreundet war. Sie verbrachte ihre Zeit mit Beten und Singen im nahegelegenen Gemeindezentrum. Olga nahm ihr übel, daß sie dort nicht wenigstens etwas Nützliches tat, Wäsche flicken oder Kindern etwas vorlesen, kam aber sonst ganz gut mit ihr aus. Weshalb sollte die Person die Kirchenmaus besuchen?
Als es an ihrer Wohnungstür klingelte, war sie erstaunt. Die Abneigung, die sie für ihre Mitbewohnerin hegte, beruhte auf Gegenseitigkeit. Jetzt, es konnte nicht anders sein, stand die Person vor ihrer Tür und klingelte zum zweitenmal.
Moment, ich komme gleich, rief Olga. Es fiel ihr schwer, schnell aus dem Bett zu klettern und sich den Morgenmantel überzuziehen. Morgens waren ihre Gelenke steif. Sie brauchte eine Weile, bis sie sich fähig fühlte, die Tür zu öffnen. Sie sagte den unfreundlichen Satz nicht, den sie sich vorgenommen hatte zu sagen, sondern öffnete die Tür etwas weiter und ließ die Person an sich vorbei ins Wohnzimmer humpeln. Da saß sie, ein Häuflein Unglück, auf dem einzigen freien Stuhl neben dem Schreibtisch und starrte vor sich hin. Olga wartete und ging dann achselzuckend ins Bad. Der Besuch war ihr unangenehm. Sie hoffte, ihn besser zu bewältigen, wenn sie gewaschen und angezogen der ungebetenen Besucherin gegenübertreten würde.
Eine Viertelstunde später erschien sie wieder, jetzt nicht mehr Schwester der Zitronenjette, sondern Schwester der Äbtissin des Klosters Lüne: korrekt gekleidet, sorgfältig frisiert und mit überlegenem Gesichtsausdruck auf den ungewöhnlichen Besuch zur ungewöhnlichen Zeit hinblickend.
Die Person saß noch immer in zusammengesunkener Haltung am Schreibtisch. Sie hielt ein Stück Papier in der Hand, einen Brief, wie es schien. Als Olga sich räusperte,

sah sie hoch und nahm Haltung an. Sie richtete den Oberkörper auf und stellte die übereinandergeschlagenen Beine nebeneinander auf den Fußboden. Das Schuhband am rechten schwarzen Stiefel war unordentlich gebunden und hing auf den Boden.
Gehen Sie davon aus, daß es mir nicht leichtfällt, zu Ihnen zu kommen, sagte die Person.
Ihre Stimme nötigte Olga Bewunderung ab. Sie selbst hätte keinen kühleren Ton finden können.
Ich komme, um Sie nach der Telefonnummer Ihrer Tochter zu fragen. Ich weiß, daß sie sich mit – die Stimme zögerte einen Augenblick, genauso lange wie Olga brauchte, um den Entschluß zu fassen, Bellas Nummer auf keinen Fall preiszugeben – Ermittlungen beschäftigt. Olga antwortete nicht. Ihrem verschlossenen Gesicht war die Absicht abzulesen.
Das ist das letzte Lebenszeichen, das ich von meiner Tochter habe, sagte die Person und streckte Olga den Brief entgegen. Ihre Stimme war tonlos, alle Aggressivität war daraus verschwunden. Olga dachte an die Tochter, die schon lange nicht mehr im Haus lebte, an den Mann der Person, der inzwischen tot war, und änderte ihre Haltung nicht.
Der Brief ist vier Wochen alt. Sie schreibt darin, daß sie in zwei Tagen zurückkommen und mich dann anrufen wird. Sie hat sich nicht gemeldet.
Als Olga sich noch immer nicht rührte, ließ die Person den Arm mit dem Brief sinken und fiel in sich zusammen. Olga fühlte Mitleid und ärgerte sich darüber.
Meine Tochter hat Gründe, ihre Telefonnummer nicht bekanntzugeben, sagte sie. Im übrigen hat sie ihren Beruf aufgegeben. Sie ermittelt nicht mehr.
Sie sprach mit Genugtuung. Bellas Arbeit war ihr immer anrüchig vorgekommen. Als Kriminalkommissarin hatte sie sich, ihrer Ansicht nach, zu sehr mit der Staatsmacht eingelassen. Als Privatdetektivin hatte sie in ihren Augen schon fast zur Unterwelt gehört.

Die Person ließ den Arm mit dem Brief sinken und begann, vor sich hin zu schluchzen. Dann fiel ihr ein, daß sie sich auf feindlichem Territorium befand. Sie nahm sich zusammen, stand auf und humpelte an Olga vorbei zur Tür. Der Brief fiel dabei auf den Boden.
Lassen Sie ihn liegen, sagte Olga großzügig. Ich werde ihn meiner Tochter geben. Sie wird sich bei Ihnen melden.
Die Person humpelte zur Tür hinaus, ohne zu antworten, aber auch, ohne sich nach dem Brief zu bücken. Olga blieb in der Zimmertür stehen, sah auf den Brief und ärgerte sich über ihre Nachgiebigkeit.
Alte Nazisse, sagte sie, der Tag fängt ja gut an.

Er hatte immer gewußt, daß die Frau, die er geheiratet hatte, dumm war. Sie war nicht mal besonders hübsch gewesen. Jung, ja, aber den Reiz, der darin lag, hatte er damals übersehen, weil er selbst jung gewesen war. Trotzdem hatte er sie geheiratet. Ihre Heirat war nicht einfach deshalb zustande gekommen, weil sie sich schon als Kinder gekannt hatten. Nein, er hatte sich ganz bewußt diese Frau ausgesucht. Sie besaß eine Eigenschaft, über die damals nur wenige Frauen verfügten: sie gehörte zu der neuerdings herrschenden kommunistischen Klasse. Es gab verschiedene Gründe, weshalb für ihn keine andere Frau in Frage gekommen war als so eine. Die Gründe hatte er im Laufe der Jahre vergessen, denn seine Rechnung war aufgegangen. Er hatte sein Leben umsichtig geplant, und es war nach Plan verlaufen.
Plan – das war auch so ein Wort, das inzwischen jede Bedeutung verloren hatte. Für das neue Leben, auf das er sich seit drei Jahren mit Erfolg konzentrierte, brauchte er keinen Plan. Jetzt brauchte man Strategien, am besten mehrere, jetzt, da nichts mehr berechenbar war. Jederzeit konnten sich Änderungen ergeben, auf die man keinen Einfluß hatte, Ereignisse eintreten, die nicht vorherzusehen waren. So wie diese Frau im letzten Sommer.
Er hörte seine Frau die Küchentür schließen und dann die Treppe emporsteigen. Sie ging langsam, wegen der Mühe, mit der sie das Tablett mit dem Glas und der Wasserflasche balancierte. Er sah auf die Türöffnung, in der sie gleich erscheinen würde, das graue Haar für die Nacht gebürstet, das Nachthemd unter dem Bademantel her-

vorhängend, Pantoffeln an den Füßen. Die Pantoffeln waren hübsch. Er hatte sie ihr vorhin gegeben, ein Geschenk, um sie für das bevorstehende Gespräch zugänglich zu machen. Er stand von der Bettkante auf, ging seiner Frau entgegen und nahm ihr das Tablett ab.
Das Küchenfenster war nicht zu, sagte sie.
Ihre Stimme ist wie sie selbst, dachte er, unscheinbar, aber man bemerkt sie trotzdem. Laut sagte er: Früher hätten wir offenlassen können, und ärgerte sich im gleichen Augenblick über seine Worte. Früher war früher. Einmal, bald nach dem Fall der Mauer, hatte er in Berlin zu tun gehabt, in dem Teil, den sie gewohnt waren, »Hauptstadt« zu nennen. Die Straße »Unter den Linden« war voller Menschen gewesen, Menschen von drüben und von hier. Sie waren herumgeschlendert, mit schräggehaltenen Köpfen nach Veränderungen Ausschau haltend, und wie eine dichte gewisperte Wolke hatte das Wort »früher« über ihnen gegangen. Er hörte es ununterbrochen, leise und laut, so lange, bis er genug hatte und die Stadt verließ. Er hielt nichts davon, von vergangenen Zeiten zu träumen. Das führte zu nichts. Außerdem war es gefährlich, weil es von dem ablenkte, was zu tun war. Jetzt waren andere Zeiten. Das einzige Problem, das er darin sah, auch die neuen Zeiten erfolgreich zu bestehen, war das Alter. Man konnte nicht übersehen, daß man nicht mehr zwanzig, sondern fünfundsechzig war. Die Kräfte ließen nach, und jeder Gedanke an früher verhinderte die unbedingt notwendige Konzentration auf heute. Heute – er hatte seiner Frau das Tablett abgenommen, war zurück auf seine Seite des Ehebetts gegangen, blieb dort stehen und sah vor sich hin. Er verstand noch immer nicht, weshalb dieses Heute ihm von Anfang an so vertraut vorgekommen war, obwohl alle Welt damit Schwierigkeiten hatte.
Während er eigentlich nichts weiter zu tun brauchte, als in sich hineinzuhören, dabei lange vergessen geglaubte Worte wiederzufinden und zu beginnen, ein neues Leben

zu entwickeln, quälte sich seine Frau mit vergangenen Strukturen, die sie vergeblich in der neuen Zeit suchte. Natürlich gab es jetzt weniger Arbeit für Frauen. Aber war es so schlecht, daß die Mütter sich wieder mehr um ihre Kinder kümmern konnten? Was war falsch daran, wenn die jungen Frauen im Familienbetrieb aushalfen und sich dabei ein schönes Taschengeld verdienten? Seiner Tochter jedenfalls ging es nicht schlecht. Natürlich war dies alles erst der Anfang. Damals –
Willst du dich nicht hinlegen? fragte die Frau. Sie saß im Bett, die Decke bis zu den Schultern hochgezogen, und sah aufmerksam zu ihm hinüber. Sie lebten zu lange miteinander, als daß ihr hätte entgehen können, wie sehr sich ihr Mann verändert hatte, seit die Fremde dagewesen war. Doch, natürlich, sagte er. Ich überlege nur gerade, wie ich es dir erklären soll.
Was erklären, fragte die Frau.
Sie war beunruhigt. Sie spürte etwas Neues auf sich zukommen, etwas, das vielleicht über das Neue hinausging, das zu lernen ihr in den letzten Jahren so schwer gefallen war. Sie liebte und bewunderte ihren Mann. Sie hatte ihn von Anfang an bewundert, beinahe von Anfang an, erinnerte sie sich. In den Wochen bevor der Krieg zu Ende ging, ihr Vater war noch im Konzentrationslager, und sie war mit ihrer Mutter allein geblieben, war er jeden Tag in seiner HJ-Uniform als Briefträger zu ihnen gekommen. Ihre Mutter sah es nicht gern, daß sie ihn anhimmelte. Ja, anhimmelte, so hatte sie gesagt. Das war ihr peinlich gewesen. Deshalb hatte sie ihn dann heimlich getroffen. Nur ein paarmal. Einmal war er sehr verstört gewesen. Er hatte etwas gesagt oder getan – es war ihr nicht klargeworden, worum es ging. Und dann war der Krieg vorbei gewesen. Alles war plötzlich anders. Sie hatte Angst gehabt, er würde sie vergessen. Aber er war hin und wieder gekommen, zuerst heimlich, dann bald ohne Scheu. Die ganze Zeit über, acht Jahre lang, hatte sie gehofft. Neunzehn-

hundertdreiundfünfzig war ihre Hoffnung in Erfüllung gegangen: er hatte sie geheiratet. Ein paar Monate nach ihrer Hochzeit war er in die Partei eingetreten. Von da an hatte ihm ihre Bewunderung uneingeschränkt gehört. Es war so gewesen, als sei damit die letzte Schranke zwischen ihnen gefallen.
Jetzt, im Bett sitzend und ihrem Mann dabei zusehend, wie er sich umständlich zurechtsetzte, fiel ihr staunend der Abend wieder ein, an dem er spät von einer Versammlung nach Hause gekommen war. Sie hatte im Bett gesessen, wie jetzt. Er sprach darüber, was auf der Versammlung beschlossen worden war. Und daß er den Antrag gestellt hätte. Sie hatte damals nicht nach seinen Gründen gefragt. Wortlos war sie zu ihm hinübergerutscht, einfach in dem Bedürfnis, die politische Nähe, die er damit zwischen ihnen hergestellt hatte, durch körperliche Nähe zu ergänzen. Sie waren lange stumm nebeneinander liegen geblieben. Jetzt, sie wußte nicht weshalb, aber es war so, erst jetzt kamen ihr plötzlich Zweifel daran, daß sie damals das gleiche gedacht und gefühlt hatten.
Erinnerst du dich an die Frau, die im Sommer hier war? Sie hatte es gewußt, nickte nur stumm mit dem Kopf. Sie hatte es schon geahnt, als sie die Frau beim erstenmal über den Plattenweg durch den Garten kommen sah. Niemand von hier ging so, in dem Alter mit Turnschuhen und die Hände in den Jackentaschen. Später, als die Frau am Stammtisch saß und aß, war sie aus der Küche in den Schankraum gegangen, um zu hören, was ihr Mann mit der da zu reden hatte. Es ging um früher, die Zeit, als sie und ihr Mann sich noch nicht näher kannten, weil ihre Familien, wie er sich einmal ausgedrückt hatte, an verschiedenen Enden am Seil zogen. Gerade dieses Seil, an dessen Enden angeblich nach Westen und nach Osten gezogen wurde, war ihr wieder eingefallen, als sie ihren Mann sah, ins Gespräch vertieft mit dieser Fremden. Sie war nie ganz davon überzeugt gewesen, daß es nur darum

gegangen war, in die verschiedenen Himmelsrichtungen zu ziehen. Ihr Vater jedenfalls war anderer Meinung gewesen. Ihm war es darum gegangen, die braune Pest zu bekämpfen. Vom Seil war da nie die Rede gewesen.
Als ihr Mann sie der Fremden nicht vorgestellt hatte, war sie zurück in die Küche gegangen. Er würde ihr später sagen, was die Frau wollte. Denn daß sie etwas wollte, war klar. Weshalb hätte sie sonst an einem ganz gewöhnlichen Dienstagnachmittag in das Lokal kommen sollen? Sie sah die Frau über den Plattenweg davongehen, die Hände in den Jackentaschen, die Schultern ein wenig hochgezogen, und in der Dämmerung verschwinden. Weshalb bog sie nicht nach rechts ab, auf die Straße, die zum Dorf führte? Weshalb schlug sie den Weg in den Wald ein? Eine leichte Unruhe war in ihr zurückgeblieben. Die gleiche Unruhe meinte sie bei ihrem Mann zu spüren, nachdem die Frau gegangen war. Aber sie fragte ihn nicht. Es war besser zu warten, bis er sich entschließen würde, mit ihr über den Besuch zu sprechen.
Jetzt war es soweit. Erwartungsvoll sah sie ihn an.
Hast du sie erkannt, fragte er. Sie schüttelte den Kopf.
Nein, sagte sie, nur, daß sie von drüben war.
Ja, jetzt, antwortete er. Ist auch besser so. Sie ist tot, ich habe sie umgebracht.
Seine Hände fuhren auf der Bettdecke hin und her wie zwei Teile, die nicht zu ihm und nicht zueinander gehörten. Sie trafen sich zufällig, hielten sich fest und blieben vor ihm auf der Decke liegen. Die Frau spürte Angst. Sie kroch langsam ihre Waden hoch, saß in den Knien, sie wußte, sie hätte jetzt keinen Schritt tun können, kroch die Oberschenkel herauf in den Leib, kroch in den Magen und saß da fest. Sie begann zu zittern. Ihre Zähne schlugen aufeinander. Sie zog die Bettdecke zum Gesicht und drückte die Decke mit beiden Händen gegen ihren Kiefer. Sie versuchte, den Kopf zu schütteln. Sie wollte sagen, daß sie den Worten ihres Mannes nicht

glaubte, aber es gelang ihr nicht. Schließlich brach sie in Tränen aus.
Der Mann war erleichtert. Der Anblick der zitternden, mit beiden Händen den Kiefer haltenden Frau war ihm unerträglich gewesen. So wie jetzt, schluchzend und stöhnend, kannte er sie. Er mußte sie nur gewähren lassen.
Nach einer Weile hob sie den Kopf.
Aber warum, sagte sie.
Einen Augenblick dachte er, sie würde von neuem anfangen zu weinen. Aber sie nahm sich zusammen.
Das war die Frage, auf die er gewartet hatte. Seit die Frau tot war, hatte er darüber nachgedacht, ob er seiner Frau den Grund sagen sollte, sie an das erinnern sollte, was er ihr vor sehr langer Zeit unüberlegt und krank vor Angst und Ekel gesagt hatte. Er hatte beschlossen, es nicht zu tun. Er wollte sie um ihre Hilfe bitten, sie bitten, ihm zu vertrauen, wie sie es in den ganzen Jahren getan hatte. Er wollte es nicht allein durchstehen, und er wußte, wenn sie sich darauf einließe, würde alles gut werden.
Du mußt mir helfen, sagte er statt einer Antwort. Ich will nicht, daß sie hier im Keller bleibt. Sie muß verschwinden.
Er sah, wie der Unterkiefer seiner Frau erneut zu zittern begann, meinte zu hören, daß ihre Zähne aufeinanderschlugen, beugte sich zu ihr hinüber und nahm sie in die Arme. Nach einer Weile hörte sie auf zu zittern und lag schlaff vor seiner Brust. Er dachte ungläubig, sie sei eingeschlafen, schüttelte sie ein wenig, spürte, daß sie wach war, und schob sie behutsam zurück auf ihre Seite des Bettes. Sie lag stumm da, die Augen geschlossen. Die Hände, zu Fäusten verkrampft, hielten die Bettdecke auf den Schultern.
Ich geh und hol dir ein Schlafmittel, sagte er. Morgen werden wir sie wegbringen. Es wird nichts passieren, glaub mir. Ich hab mir alles genau überlegt. Sie hat allein gelebt. Niemand wird nach ihr fragen. Wer weiß

denn, daß sie hier gewesen ist. Manchmal verschwinden Leute. Das ist so. Es hat doch sowieso niemand Zeit, sich darum zu kümmern.

Als sie nicht antwortete, stand er auf und ging ins Bad. Er zögerte, das Licht anzumachen. Die Neonröhre über dem Spiegelschrank würde sehr hell sein. Einen Augenblick blieb er neben dem Fenster stehen und sah hinaus. Es hatte nicht mehr geschneit. Das schwarze Band des Plattenweges reichte bis an den Zaun. Auf den Zaunpfählen saßen Schneehauben. Das Land hinter dem Zaun war weiß und weit. Als er seine Frau stöhnen hörte, machte er das Licht an und begann, im Schrank nach einem Schlafmittel zu suchen.

Bella stand vor der Tür des Hauses, in dem Olga wohnte, und drückte den Klingelknopf. Sie war daran gewöhnt, mehrmals zu klingeln, bevor ihre Mutter öffnete. Olga bestritt, daß ihr Hörvermögen nachließ, aber Bella wußte, daß sie die Klingel nicht nur deshalb überhörte, weil sie zu beschäftigt war. Endlich wurde von innen der Türöffner in Gang gesetzt. Bella trat ein und winkte ihrer Mutter zu, die in der offenen Wohnungstür stand und ihr kampflustig entgegensah.
Hier, sieh dir das an, rief sie, einen Zeitungsausschnitt hochhaltend wie der Kapitän einer Fußballmannschaft den eben gewonnenen Wanderpokal.
Laß mich erst mal reinkommen, sagte Bella, begrüßte ihre Mutter mit einem Streicheln über die schmalen Schultern und betrat die Wohnung. Das übliche Chaos sah ihr entgegen.
In die Küche, mein Kind, wir setzen uns in die Küche. Bella haßte Küchengespräche, ging aber gehorsam dorthin.
Bist du sicher? fragte sie. Sie stand neben dem Küchentisch und sah sich ratlos um.
Diese Sachen nehmen wir runter, sagte Olga neben ihr und begann, Papiere von den Stühlen zu räumen und neben dem Herd zu stapeln.
Eines Tages wirst du das Zeug auf die heiße Herdplatte legen und die Wohnung in Brand setzen. Bella schob die Zeitungsausschnitte beiseite, ließ Wasser in einen Kessel laufen und schaltete eine Herdplatte ein.
Zeug, meine Liebe, ist vielleicht nicht ganz der richtige Ausdruck für das hier. Sie las laut und langsam:

»Man möge leise reden, es ist ein Sterbender im Zimmer. Die sterbende deutsche Kultur, sie hat im Innern Deutschlands nicht mal mehr Katakomben zur Verfügung. Nur noch Schreckenskammern, worin sie dem Gespött des Pöbels freigegeben werden soll; ein Konzentrationslager mit Publikumsbesuch. Das wird toll und immer toller.«
Was ist das, fragte Bella. Was redest du da von Konzentrationslagern?
Doch nicht jetzt, neunzehnhundertsiebenunddreißig. Ich habe dir gerade vorgelesen, was Ernst Bloch über die Ausstellung »Entartete Kunst« gesagt hat.
Wozu hebst du das auf? Ich denke, es ist die Tagespolitik, die dich interessiert. Bella überlegte einen Augenblick. Dann fragte sie: Sag mal, meinst du den Bloch, den die DDR in den siebziger Jahren nicht für wert befunden hat, in ihr zwanzigbändiges Lexikon aufgenommen zu werden?
Olga überhörte die grobe Anspielung auf einen der Irrtümer ihrer politischen Vergangenheit.
Du wirst es nie lernen, mein Kind, antwortete sie bekümmert und fröhlich zugleich. Man kann die Tagespolitik nur auf dem Hintergrund fundierter geschichtlicher Kenntnisse verstehen. Während ich in der fraglichen Zeit in Spanien gegen Franco meinen Mann stehen mußte – Mutter, unterbrach Bella eine Rede, die sie so oder ein wenig anders nur zu gut kannte, erstens MUSSTEST du nicht nach Spanien gehen, zweitens ehrt es dich, daß du dort gewesen bist, und drittens: gibt es in dieser Wohnung irgend etwas, das man, in Form von Kuchen oder Keksen vielleicht, zum Kaffee zu sich nehmen könnte?
Olga sah ihre Tochter an, drehte sich wortlos um und ging ins Wohnzimmer. Bella hörte sie in der Schublade kramen, in der sie im allgemeinen Kekse aufbewahrte. Sie hörte sie »ach, du lieber Himmel« sagen und sah ihr entgegen, als sie ohne Kekse zurückkam.
Nichts, es ist nichts da, mein Kind. Willst du schnell zum Bäcker laufen?

Laß nur, sagte Bella, die sah, daß ihre Mutter einen Brief in der Hand hielt, aber so tat, als hielte sie nichts.
Ist der für mich, fragte sie.
Die Nazisse hat ihn abgegeben, sagte Olga überhaupt nicht schuldbewußt. Du sollst ihn wohl haben. Ich hab's einfach vergessen. Was kann auch schon drinstehen.
Bella kannte das gespannte Verhältnis Olgas zu ihrer Mitbewohnerin. Die Frau war überzeugte Faschistin und hatte ihrem Glauben auch neunzehnhundertfünfundvierzig nicht abgeschworen. In ihrer Wohnung hing, wenn auch nicht immer an deutlich sichtbarer Stelle, ein Bild des »Führers«. Im Haus erzählte man sich, daß dieses Bild seit einiger Zeit im Wohnungsflur angebracht sei, so daß jeder, der einen Blick in die Wohnung werfe, sofort »den Schnauzbart« zu sehen bekäme. Bella hatte vor Jahren, sie konnte sich nicht erinnern, weshalb sie in der Wohnung der Frau gewesen war, mehrere Hakenkreuzwimpel gesehen, die an Tischgestellen aus hellem Holz angebracht waren und so aussahen, als würden sie häufig gewaschen und gestärkt. Olgas Abneigung war begründet, wenn auch die Form, in der sie die zum Ausdruck brachte, mitunter übertrieben war. Andererseits war Olgas politische Einstellung ebenfalls im Haus bekannt, und die Nazisse, wie Olga sie nannte, stand ihr in nichts nach, wenn es darum ging, Verachtung zu demonstrieren. Bella war deshalb erstaunt, von dem Besuch zu hören.
Diese Frau war bei dir? fragte sie.
Vor drei Wochen. Also, ich kann dir sagen, etwas Unangenehmeres als diese Person –
Zeig mal her, sagte Bella und streckte die Hand nach dem Brief aus.
Olga gab ihn bereitwillig heraus. Er war an Charlotte Böhmer adressiert, Olgas Intimfeindin.
Ich sollte ihn haben? fragte Bella, während sie den Brief öffnete und ein Blatt Papier herausnahm, das aus einem Ringblock herausgerissen worden war.

»Liebe Mutter«, las sie, »ich bin froh, allein hierhergefahren zu sein.« Bella sah auf die Rückseite des Umschlags. Dort stand »Christa Böhmer« und der Name einer Stadt an der Ostsee in Vorpommern. Sonst nichts. »Ich werde noch zwei oder drei Tage hierbleiben. Mehr brauche ich nicht, um zu erfahren, was ich wissen will. Dann komme ich zurück, und wir werden weitersehen. Grüße! Christa. PS: Ich brauche nicht zu schreiben, wie schön es hier ist.«
Bella sah auf das Datum.
Der Brief ist zwölf Wochen alt, sagte sie. Hat er die ganze Zeit bei dir gelegen?
Natürlich nicht. Olga war beleidigt, vergaß es aber, weil der Wasserkessel zu pfeifen begann.
Ja, sagte Bella, und was soll ich nun damit? Sie schob Papier zur Seite, um auf dem Küchentisch Platz für die Kaffeetassen zu machen.
Du sollst mit ihr reden, antwortete Olga. Diese Tochter (sie sprach das Wort so aus, wie man vor hundert Jahren »Bankert« ausgesprochen hätte) hat nichts mehr von sich hören lassen. Das scheint ihr an die Nieren zu gehen. Wer weiß, was die da drüben treibt. Da amüsiert sich ja inzwischen alles mögliche Gesindel.
Bella schenkte den Kaffee ein, sagte aber nichts. Sie spürte, daß sie sich über Olga zu ärgern begann. Das Telefon klingelte, und Olga verschwand aus der Küche. Als sie zurückkam, erklärte sie, daß gleich zwei Genossinnen kämen, mit denen sie eine Besprechung zu führen hätte.
Stell doch noch eine Tasse auf den Tisch, sagte sie.
Bella erhob sich, froh, gehen zu können. Sie hielt den Brief noch immer in der Hand.
Wenn ich du wäre, hätte ich Besseres zu tun, als mich um solche Leute zu kümmern, sagte Olga noch, aber da war Bella schon halb aus der Tür.
Vor dem Haus stand die Böhmer. Sie hatte offenbar auf Bella gewartet.

Meine Mutter hat mir Ihren Brief gegeben, sagte Bella. Ich glaube kaum, daß ich in dieser Sache etwas für Sie tun kann. Dafür, daß Ihre Tochter sich nicht mehr gemeldet hat, kann es viele Gründe geben. In solchen Fällen ist die Polizei die sicherste Adresse. Haben Sie dort nachgefragt?
Ich habe ein Paket bekommen, sagte die Frau. Alle ihre Sachen waren drin. Es war kein Absender dabei. Hier – sie hielt Bella einen Block entgegen –, wenn Sie das lesen würden. Vielleicht gibt es Ihnen einen Anhaltspunkt. Bella nahm der alten Frau den Block aus der Hand und verabschiedete sich, so schnell sie konnte. Sie würde nichts von dem lesen, was in dem Block stand, ihn nach ein paar Tagen in einen Umschlag stecken und mit dem Rat, sich an die Polizei zu wenden, zurückschicken. Sie hatte genug von alten Frauen, heute und überhaupt. Immer noch war sie gekränkt, wenn sie, so wie gerade eben, für irgendwelche Genossen das Feld zu räumen hatte. Was sie jetzt brauchte, war ein langer Spaziergang und ein paar Gläser Wodka mit Orangensaft. Und eine Partie Billard, dachte sie belustigt. Zwei alte Damen kamen langsam die Straße entlang, und sie startete den Wagen schneller und lauter, als es nötig gewesen wäre.
Es war zu früh, zu Eddie zu fahren. Bella erinnerte sich nicht mehr, wie es gekommen war, aber schon seit langem stand fest, daß ihre Treffen nachts stattfanden. Und so sollte es bleiben. Sie fuhr langsam, und als neben ihr die Lichtreklame eines Kinos auftauchte, suchte sie einen Parkplatz und stieg aus. Kino war genau das richtige, um die Zeit totzuschlagen. Sie hätte auch nach Hause fahren können. Aber vermutlich saß dort Willy und erwartete einen Bericht darüber, wie der Besuch bei Olga verlaufen war.
Willy bewunderte Olga ohne Einschränkung. Sie selbst kam aus einem kleinbürgerlichen – klitzekleinbürgerlich, wie Willy sagte – Elternhaus. Olgas russische Herkunft, ihre politische Vergangenheit, ihre kommunistische Über-

zeugung, die sie nicht verleugnete, sondern stolz vor sich hertrug, all das war für Willy Anlaß zur Bewunderung. Den gereizten Ton, den Bella manchmal anschlug, wenn von Olga die Rede war, verstand sie nicht, ja sie mißbilligte ihn zutiefst. Bella hatte dann das Gefühl, sich für die ambivalenten Gefühle, die sie ihrer Mutter gegenüber hegte, rechtfertigen zu müssen. Dazu aber hatte sie gerade jetzt keine Lust.

Die Frau an der Kasse sah so gelangweilt aus, wie es ihrem langweiligen Job entsprach. Bella erkundigte sich nach der Länge der Filme. Sie kaufte eine Karte für »Lebwohl, meine Konkubine«. Nach drei Stunden verließ sie das Kino, niedergeschlagener, als sie gekommen war, und in der festen Überzeugung, daß der Urgrund für die Fehlentwicklung der Welt in der Übernahme der Macht durch das männliche Geschlecht zu sehen war und daß die Frauen dabei die erbärmliche Rolle gespielt hatten, die sie auch heute noch bevorzugten. Die Tatsache, daß sie diese Erkenntnisse auch früher schon gehabt und daß der Film sie nur wieder aufpoliert hatte, verbesserte ihre Stimmung nicht.

Während sie im Kino gewesen war, hatte es geschneit. Da keine Wahlen bevorstanden, lag eine dicke Salzschicht auf den Straßen, so daß die Autos unbehindert fahren konnten. (Fiel die Frostperiode in eine Vorwahlzeit, so ließ die Stadtverwaltung Sand streuen, um umweltbewußte Wählerstimmen zu gewinnen. Da schon seit Jahren in der Stadtreinigung Stellen eingespart wurden, hatte das für gewöhnlich ein Verkehrschaos zur Folge, denn die wenigen Arbeiter schafften es nicht, alle Straßen gleichzeitig zu streuen. Bei Salz war das einfacher. Man streute es zu Beginn der Frostperiode sehr dick, und dann blieb es den Winter über liegen.)

Eddies Laden war voll wie immer. Die weibliche Ware, die sich an den Straßenrändern anbot, war trotz der Kälte hübsch leicht verpackt, so daß der Umsatz an Rumgrog und hochprozentigen Schnäpsen beträchtlich sein mußte.

Bella sah ein überraschtes Lächeln auf Eddies Gesicht, aus dem sie schloß, daß er sich über ihren Besuch freute, und suchte sich einen Platz. Eddie schickte den Kellner mit einem Wasserglas, das aussah, als sei es mit Orangensaft gefüllt. Mindestens die Hälfte der Flüssigkeit war sicher kein Orangensaft.
Er sagt, in einer halben Stunde kommt Ablösung, sagte der Kellner, während er das Tablett absetzte.
Bella nickte ihm zu. Ich hab's nicht eilig, antwortete sie.
Der Kellner drängte sich zum Tresen zurück. Bella begann, Eddies Gäste zu betrachten. Im Winter war die Zusammensetzung anders als im Sommer. Jetzt fehlten die Wohlstandsbürger-Paare, die sich einen interessanten Abend machen wollten. Man saß zu Hause, hatte Freunde eingeladen und spielte Doppelkopf. Die, deren sexuelle Bedürfnisse auch im Winter funktionierten und die sich zur Befriedigung dieser Bedürfnisse nicht nur den eigenen Mann oder die eigene Frau ausgesucht hatten, waren dabei, intime Parties zu arrangieren, deren Höhepunkt in einem Spiel bestand, das »Flaschendrehen« hieß. Oder sie verwendeten beträchtliche Phantasie darauf, zu begründen, weshalb in der Firma, in der sie beschäftigt waren, an mehreren Wochenenden in der Vorweihnachtszeit Überstunden angesetzt worden waren, Weihnachtsfeiern abteilungsweise stattfanden oder auswärtige Seminare besucht werden mußten.
Ein Mann mit einer Weihnachtsmann-Mütze auf dem Kopf kam zur Tür herein. In der Hand hielt er einen Pakken Zeitungen. Er begann, an den Tischen nach Abnehmern zu suchen. Bella wartete darauf, daß Eddie ihn rauswarf. Aber Eddie winkte dem Mann freundlich zu.
Sie kaufte eine Zeitung. Die Hand des Mannes zitterte, als er das Geld dafür entgegennahm. Bella sah ihm nach und sah einen angetrunkenen Bettler aufstehen und den Zeitungsverkäufer anrempeln.
Bist wohl was Besseres, hörte sie.

Was heißt denn das: besser als betteln. Was dagegen, wie ich meine Kohle zusammenhole? Was dagegen?
Der Mann schrie fast. Eddie wurde aufmerksam, sprach kurz mit dem Kellner, blieb aber hinter dem Tresen stehen. Der Zeitungsverkäufer nahm die rot-weiße Zipfelmütze ab und zog den Aufgebrachten an einen Tisch. Die Zeitungen rutschten über den Boden.
Da hast du den Scheiß, rief der Bettler und stieß mit dem Fuß dagegen. Der Kellner kam mit einem Glas Bier, sagte ein paar leise Worte zu dem Krakeeler, drückte ihm das Bier in die Hand und half, die Zeitungen aufzuheben. Bella erwartete, daß der Zeitungsverkäufer die Kneipe verließe, aber er tat es nicht. Er setzte sich mit dem Bettler an den Tisch und begann auf ihn einzureden. Der Lärm in der Kneipe war nicht geringer geworden. Niemand hatte sich für die Szene interessiert.
Bella nahm die Zeitung zur Hand. Sie hieß »Hinz und Kuntz« und war gegründet worden, um Obdachlose zu organisieren. Die Verkäufer waren obdachlos und am Umsatz beteiligt. Sie hatten sich verpflichtet, während des Verkaufs keinen Alkohol zu trinken. Bella begriff, weshalb Eddie nur ein Glas Bier geschickt hatte. Als sie aufsah, verließ der Verkäufer gerade die Kneipe. Er hatte die Mütze wieder aufgesetzt. Kalte Luft kam durch die Tür. Bella meinte Schnee riechen zu können. Am Tisch saß der Bettler und sah auf die vor ihm liegende Zeitung. Die Tatsache, daß er schon mehr als ein Bier getrunken hatte, hinderte ihn am Lesen.
Es dauerte fast eine Stunde, bis Eddies Ablösung erschien, ein älterer Mann, der aussah, als sei er der Zwillingsbruder des Kellners, der schon seit Jahren bei Eddie beschäftigt war. Die beiden taten so, als seien sie sich fremd. Bella begann, vom Wodka leicht beflügelt, über Verwandtschaftsbeziehungen nachzudenken, beendete den Ausflug in schmerzliche Gefilde jedoch, als sie Eddie im Billardzimmer verschwinden sah. Sie bahnte sich einen Weg

durch das Gedränge und den Gestank von Grog, Rauch, Bier und Schnee und folgte ihm.

Für längere Zeit der letzte Gedanke, der ihr durch den Kopf ging, war die Vorstellung, daß Olga sie sehen könnte: außerordentlich spärlich bekleidet neben Eddie auf dem Billardtisch, der große Raum angenehm wenig beleuchtet, leise klingelnde Eisstücke in den Gläsern, mit denen sie sich zutranken, und das aufmerksame Glitzern in Eddies Augen.

Miles Davis. Wo hast du denn die aufgetrieben, fragte sie, hast du gewußt, daß ich ihn gern höre?

Ich glaube nicht, daß das alles ist, was ich von dir weiß, antwortete Eddie, und sie sagte sich, daß er damit vermutlich recht habe.

Später lagen sie nebeneinander auf zwei wackeligen Campingliegen, hörten die Geräusche aus der Kneipe und hin und wieder ein Auto, das draußen vorbeifuhr.

Was ist los, sagte Eddie endlich. Du hast doch was, erzähl schon.

Ich könnte einen Auftrag annehmen, antwortete Bella.

Dann tu's. Eddie stand auf, wickelte sich die Wolldecke um die Hüften und ging hinüber zur Fensterbank, auf der vor der heruntergelassenen Jalousie das Tablett mit den Flaschen stand.

Das Eis ist hin, sagte er, willst du neues?

Nein, sagte Bella, der Haken ist, die Sache wird sich vermutlich drüben abspielen.

Oh, sagte Eddie. Und dann: Fahr einfach mit der Bahn.

Bella lachte. Eddie kam zurück und setzte sich neben sie.

Was hast du gegen drüben, fragte er, es heißt, sie könnten nicht Autofahren, aber sonst? Und das mit dem Autofahren kann auch daran liegen, daß sie nicht die richtigen Straßen haben. Obwohl –

Laß den Quatsch, sagte Bella. Ich hab mein Leben eigentlich ganz gut eingerichtet. Ich vermisse diese Arbeit nicht.

Worum geht's denn, fragte Eddie.

Bella sagte es ihm. Er schwieg einen Augenblick.
Du weißt so gut wie nichts, sagte er schließlich. Das muß dich doch reizen. Ehrlich gesagt, ich glaube, du willst nur, daß ich deinen Entschluß bestätige.
Westler sind da nicht gerade beliebt, antwortete Bella.
Ach ja? Aber hier bist du beliebt, was? Mach dich nicht lächerlich. Was du brauchst, ist eine interessante Unterbrechung in deinem gut eingerichteten Leben.
Du meinst, wie die ganzen abgehalfterten Westluschen, die sich da drüben zur Zeit eine goldene Nase verdienen?
Eddie zog es vor zu schweigen. Schließlich, als das Schweigen lange genug gedauert hatte, sagte er: Ich vermute, du wirst von dieser Frau sowieso kein Geld nehmen.
Natürlich nicht, antwortete Bella. Du hättest sie sehen sollen. Das Kleid, das sie trug, war mindestens dreißig Jahre alt. Weiß der Himmel, weshalb gerade solche Leute immer auf die falschen Propheten reinfallen. Ich glaub, ich werd jetzt nach Hause fahren und mir mal den Block ansehen, den sie mir in die Hand gedrückt hat.
Vielleicht solltest du erst mal schlafen. Sagst du mir Bescheid, wann du fährst?
Wieso das denn, fragte Bella. Das wäre ja ganz neu. Vielleicht ruf ich dich an, wenn ich die Tochter gefunden habe. Damit du meine detektivischen Fähigkeiten bewundern kannst.
Du ahnst ja nicht, wie sehr ich deine Fähigkeiten bewundere, sagte Eddie. Der anzügliche Ton in seinen Worten ließ Bella einen Augenblick darüber nachdenken, ob sie schon gehen sollte. Eddie spürte ihre Überlegungen und streckte die Hand nach ihr aus. Als habe er damit ein Zeichen gegeben, stand sie auf und begann sich anzuziehen.
Ich würd gern mal mit dir in Urlaub fahren, sagte Eddie. Er saß auf der wackeligen Liege und sah ihr zu.
Ach ja? sagte Bella. Ich nicht.
Draußen fiel wieder Schnee. Die Frauen waren vom Straßenrand verschwunden. Der Schnee fiel dicht und gerade,

so, wie er an einem bestimmten Abend in Moskau gefallen war.

Alle Leere hält mich umdunkelt
letzter Schlaf umfängt meine Schar.
Und der Stern von Bethlehem funkelt
Wie die Liebe hell und klar.

Manchmal warst du ganz schön kitschig, Großvater, dachte Bella, während sie zum Wagen ging. Der Schnee hatte eine Haube auf den Seitenspiegel gesetzt.

Den ganzen Tag über war es ruhig gewesen. Der Schnee hatte die Leute wohl abgehalten, aus dem Haus zu gehen. Sie hätten eigentlich schließen können. Die Tochter kam einmal aus der Küche und fragte, ob sie nicht zumachen wollten. Der Mann und die Frau hatten so schnell abgelehnt, daß die Tochter sie erstaunt angesehen und dann achselzuckend den Schankraum wieder verlassen hatte. Erst gegen Abend waren fünf Jäger in das Lokal gekommen. Als die Jäger kamen, saß sie in der Küche und langweilte sich. Die Frau war in die Wohnung gegangen. Der Wirt begrüßte die Jäger allein. Sie verlangten etwas zu essen, aber vor allen Dingen brauchten sie Schnaps. Sie waren den ganzen Tag, bis zum Einbruch der Dunkelheit, unterwegs gewesen. Die Verpflegung und der Schnaps in den Taschenflaschen hatte nicht lange gereicht. Sie waren durchgefroren, stellten ihre Gewehre, Büchsen und Flinten, zwei Drillinge waren dabei, alles neu und sehr teuer, neben die Stühle, schlugen mit den Armen umeinander, schlugen sich gegenseitig auf die Schultern und verlangten lautstark nach der Bedienung. Die Tochter, erfreut über die Unterbrechung, kam mit Speisekarten aus der Küche gelaufen. Sie trug ein schwarzes Kleid und eine weiße Schürze, hatte die blonden Haare hochgesteckt und wurde von den Jägern mit lautem Hallo begrüßt. Der Wirt zapfte Bier und holte sechs geeiste Gläser aus dem Kühlfach, in die er den ölig fließenden, eiskalten Aquavit eingoß.
Ich bring schon mal 'ne Runde, sagte er, während er mit dem Tablett an den Stammtisch ging. Er reichte den Män-

nern die Gläser, nahm das sechste Glas in die Hand und trank ihnen zu. In seinem Rücken hörte er die Frau den Gastraum betreten, einen Augenblick stehenbleiben und in die Küche gehen. Es wäre ihm lieber gewesen, sie hätte nicht gesehen, daß er den Männern zutrank.
Die Jäger bestellten ein ausgiebiges Essen, tranken, bis ihnen warm wurde, verlangten Wein, als das Essen kam, und tranken ein paar Flaschen Roten, während er aufmerksam hinter dem Tresen stehen blieb und darauf achtete, daß es ihnen an nichts mangelte. Die Leute waren aus dem Westen. Er hörte es an ihrer Sprache, die laut war und ungeniert. Er war sicher, sie hätten sich genauso verhalten, wenn sie nicht die einzigen Gäste gewesen wären. So ist das, dachte der Wirt, wenn einem die Welt gehört. Und uns wird sie auch gehören. Den Leuten gefällt's doch bei mir. Nichts mehr von dem alten Mief. Das merken die gleich. Im Sommer werden wir anbauen. Da kommen die Touristen haufenweise, wenn sie erst merken, wie gut sie hier bedient werden. Hin und wieder, wenn der Laden richtig läuft, werden wir ein paar Tage in Urlaub fahren und so internationale Aufkleber mitbringen, Aschenbecher, was weiß ich. Wir kriegen das schon hin.
Mit den Jägern war nicht alles so, wie es sein sollte. Der Wirt bemerkte es im Laufe des Abends, während er hinter dem Tresen stand und sie beobachtete. Die Gewehre waren nicht aus Suhl. Da kannte er sich aus. Er war selbst Jäger. Beim letzten Treffen der Hegegemeinschaft war über Leute aus dem Westen gesprochen worden, die hierherkamen und ohne Genehmigung in der Gegend rumballerten, angeschossenes Wild liegenließen oder den Aufbruch nicht waidgerecht vornahmen.
Die sind bloß wild auf die Waffen, hatte einer gesagt. Die Kadaver mit abgeschnittenen Köpfen, die man gefunden hatte, gaben ihm recht. Sollte er sie ansprechen? Er hätte sie nach ihrer Jagderlaubnis fragen können, aber er ließ

es sein, starrte bloß auf die neuen Hirschfänger, die sie am Gürtel trugen, und achtete darauf, daß sie alles bekamen, was sie verlangten.

Die Männer wollten zum Schluß noch einen Kaffee, gaben der Tochter freundliche Worte und sagten, es täte ihnen leid, daß sie diesen Laden hier erst so spät entdeckt hätten. War bisher nicht so doll, sagte einer von ihnen, während sie ihre Jacken anzogen. Sie können sich ja nicht vorstellen, in was für Bruchbuden wir schon gegessen haben. Morgen noch, dann geht's wieder in den goldenen Westen. Sie lachten laut, als sie hinausgingen, und versprachen mit nicht ganz sicherer Stimme, morgen noch mal wiederzukommen. Er hielt ihnen die Tür auf, und sie stapften durch den Schnee hinter dem Zaun zur Straße zurück. Dort stand ihr Wagen, Landrover, sie hätten nicht gewußt, ob sie noch über einen Graben gemußt hätten, um den Laden hier zu erreichen.

Der Wirt sah hinter ihnen her, bis ihm bewußt wurde, daß er gern einer von ihnen gewesen wäre, einer, der dieses Haus lachend verlassen und nach Westen gehen konnte. Der Gedanke erschreckte ihn. Er schloß die Tür, ging durch den Flur zurück in den Schankraum und wollte den beiden Frauen in der Küche zurufen, daß für heute Schluß sei. Als er auf die Armbanduhr sah und feststellte, daß sie erst acht Uhr anzeigte, rief er nicht, sondern begann aufzuräumen. Nach einer Weile kam die Tochter aus der Küche und sah ihn fragend an.

Ich halt noch ein bißchen auf, sagte er, du hast jetzt Feierabend. Hast ja genug Umsatz gemacht.

Er lächelte ihr zu, und sie winkte und ging. Ihm war klar, daß an diesem Abend keine Gäste mehr kommen würden. Aber es war noch zu früh für das, was sie zu erledigen hatten. Sie mußten noch ein paar Stunden warten.

Später, die Frau hatte die Küche aufgeräumt und ihm ein paar kleingeschnittene, belegte Brote in den Schankraum gebracht, saß er allein am Fenster und sah hinaus. Sie wür-

den Spuren im Schnee hinterlassen. Gut, daß die Männer vorhin dagewesen waren, da war wenigstens nicht mehr alles so weiß und unberührt. Vielleicht schneit's auch noch einmal, dachte er, keine Sterne am Himmel, das ist ein gutes Zeichen. Als die Frau nicht wiederkam, ging er nach oben und sah nach ihr. Sie saß in dem dunklen Zimmer vor dem Fernseher und sah den BERICHT AUS BONN. Er stellte sich neben sie und tätschelte ihre Schulter.
Ich bin unten, sagte er, bis elf hab ich auf. Wenn du dann kommen würdest.
Sie nickte ihm zu. Im Licht des Fernsehers waren die Falten in ihrem Gesicht schwarz. Auch fand er ihr Gesicht merkwürdig klein. Sie tat ihm leid, und bevor er wieder hinunterging, brachte er ihr eins von den leichten Beruhigungsmitteln aus dem Badezimmer. Die Kälte nachher draußen würde sie schon wachhalten.
Zieh feste Schuhe an, sagte er, es ist kalt draußen, ziemlich viel Schnee.
Kurz vor elf Uhr schaltete er das Wirtshausschild vorn an der Straße aus, löschte auch die Lampen im Gastraum und setzte sich zurück an den Tisch. Er hörte die Frau die Treppe hinunterkommen. Sie öffnete die Tür und sah ihn nicht gleich.
Werner? rief sie halblaut, Werner?
Er meinte, ein wenig Angst in ihrer Stimme zu hören, aber noch mehr Schläfrigkeit.
Hier, sagte er, ich – bitte, komm mit.
Er kam vom Fenster her. Die Frau, deren Augen sich rasch an die Dunkelheit gewöhnt hatten, sah seinen Schatten gegen das Schneelicht von draußen. Er ging vor ihr her, und sie folgte ihm zur Kellertür. Als ihr Fuß gegen den Schlitten stieß, der davor an der Wand lehnte, erschrak sie und blieb stehen.
Den brauchen wir doch, sagte er. Ich hab ihn schon rausgestellt. Unten ist alles klar. Du mußt nur noch mit anfassen.

40

Es dauerte noch ein paar Tage, bis Bella endgültig den Entschluß faßte, nach der Tochter der alten Frau zu suchen. Willy war begeistert, erbot sich sofort mitzufahren und war nur dadurch davon abzuhalten, daß Bella ihr klarmachte, wie wichtig es sei, daß das Büro besetzt bliebe. Außerdem sollte sie inzwischen Olga besuchen und die Böhmer informieren, ohne ihr aber zu große Hoffnungen zu machen. Da Bella beschlossen hatte, mit der Bahn zu fahren, würde Willy auch den alten Porsche zu ihrer Verfügung haben, was sie endgültig davon überzeugte, daß das Zurückbleiben nicht nur Nachteile hatte.
Jetzt, am Sonntagmorgen, war Bella auf dem Weg zur Bahn. Um sich vor der langen Reise Bewegung zu verschaffen und um Willy, die sonntags gern lange schlief, nicht zu stören, hatte sie beschlossen, zu Fuß zum Bahnhof zu gehen. Auf der Elbe trieben erste Eisschollen. Der Elbhang trug eine dünne Schneedecke, und ein scharfer Ostwind blies ihr ins Gesicht. Was für ein herrlicher Wintermorgen, dachte Bella, keine Menschen unterwegs, die vereisten Weidenstämme im Wasser so tot, als würden sie nie mehr ausschlagen, schwarzes Pfützenglas, ein paar aufgeschreckte Drosseln in den Büschen, einfach wunderbar!
Ihre Begeisterung ließ nach, als sie der Stadt näher kam. Die Menschen, die ihr jetzt begegneten, hatten, sie konnte es nicht anders nennen, einen Ausdruck stumpfer Gier und gleichzeitiger Besessenheit in ihren Gesichtern, der nicht zu der erstarrten Natur um sie herum paßte. Auch die immergrünen Gewächse, die einige von ihnen im Arm tru-

gen, wirkten merkwürdig unpassend im kalten Wind. Die Menschen, die mehr wurden, je näher sie den Landungsbrücken kam, waren auf dem sonntäglichen Fischmarkt gewesen. Neben dem Fenster eines Fischrestaurants blieb Bella stehen und sah dem Schauspiel zu, das sich ihr bot. Da drüben machten holländische Händler sich die Eigenheit der Käufer zunutze, gierig nach Waren zu greifen, die sie für billig hielten. Die Händler standen auf den Ladeflächen ihrer LKW's und boten Topfblumen, Bananen oder Räucherfisch an. Sie waren umringt von einer Meute Gläubiger. Alle, die da standen und darauf hofften, etwas geschenkt zu bekommen, waren in der Lage, im nächsten Laden das Objekt ihrer Begierde zu kaufen. Waren sie am LKW erfolgreich gewesen, schleppten Vater, Mutter und Kinder Gummibäume und Zimmerpalmen nach Hause, verfolgt von den scheelen Blicken derer, die gerade diesen Gummibaum oder diese Zimmerpflanze – die Pflanzen wurden industriell hergestellt und glichen sich wie ein Ei dem anderen – unbedingt selbst hatten erwerben wollen.

Bella stellte sich vor, wie der triumphale Abmarsch vom Fischmarkt überging in eine genüßlich ausgekostete Fahrt mit der Bahn oder mit dem Auto nach Hause, während der die Pflanze der Sehnsucht demonstrativ in die Gegend gehalten werden würde. Das ganze Spektakel würde enden in einer von den Nachbarn genau beobachteten Heimkehr – am Sonntagvormittag sah man aus den zum Lüften der Betten geöffneten Fenstern oder stand hinter geschlossenen Gardinen, neidete den Ankömmlingen den günstigen Kauf und beschloß, am nächsten Sonntag selbst auf den Fischmarkt zu gehen. Es mußte doch möglich sein, einen mindestens doppelt so großen Gummibaum für die Hälfte des Preises zu erwerben, den der Nachbar gezahlt hatte.

Betrunkene Männer, die die Nacht in den Lokalen der nahegelegenen Reeperbahn verbracht hatten, gingen an ihr vorbei. Sie zogen Salzheringe an Bändern hinter sich her.

Sie sangen, was betrunkene Männer morgens auf dem Fischmarkt singen: Wir wollen unsern alten Kaiser Willem wieder ham, aber nur, aber nur, aber nur mit Bart; Auf der Heide blüht ein kleines Blümelein, und das heißt Eeerika; Schwarzbraun ist die Haselnuß und noch ein paar andere Perlen aus dem Schatzkästlein deutschen Liedguts.
Im Hauptbahnhof frühstückte sie ausgiebig beim Spanier. Der Spanier war ein echter Spanier, was nicht nur daran zu erkennen war, daß Fotos aus der Zeit, als er als Torero gearbeitet hatte, hinter der Bar hingen. Er war ein schöner, melancholischer, alternder Mann, der wunderbare spanische Sachen kochte, zärtlich mit seiner Frau umging und die farbigen Hilfskräfte hinter dem Tresen freundlich behandelte.
Sie aß ein Gericht, das aus Leber und Zwiebeln bestand, und trank dazu einen schweren dunklen Rotwein, während um sie herum Hummer verkauft wurde, Trinker ihr erstes Glas Bier hinunterstürzten und halbverhungerte Fixer sich in den Eingängen der MARKTHALLE genannten Restaurantzone herumdrückten. Als sie ging, nickte ihr der Spanier freundlich zu. Er kannte sie, weil sie manchmal bei ihm aß, war aber zu zurückhaltend, um sie anzusprechen. Der schwarze Wein hatte eine durchsichtige Wand zwischen sie und ihre Umgebung gestellt. Sie ging unbeeindruckt an zwei blauuniformierten Wachmännern vorbei, die zum Schutz der Hummeresser engagiert waren, suchte auf der Anzeigetafel das Gleis, an dem ihr Zug abfahren sollte, drückte einem jungen Mädchen, entsetzlich dünn und blaugefroren, etwas Geld in die Hand und saß schließlich im überheizten Abteil. Sie blieb allein und schlief sofort ein. Als sie erwachte, hatte der Zug Westdeutschland schon verlassen. Sie sah es an den langgestreckten niedrigen Gebäuden der Landwirtschaftlichen Produktionsgenossenschaften, die leer, mit geöffneten Türen und eingeschlagenen Fensterscheiben neben der Strecke lagen. Trotz des Schnees, der den Anblick milderte, verbreiteten sie eine

stumme Trostlosigkeit. Als sie spürte, daß der Blick aus dem Fenster sie deprimierte, holte Bella den Block, den ihr die Böhmer gegeben hatte, aus der Reisetasche. Sie hatte den Text nicht gründlich gelesen, vielleicht fand sich ein Anhaltspunkt darin, wo sie mit der Suche beginnen würde. Die erste Eintragung war vom achten September:
»Nichts geht verloren. Alles, was ich gehört, gesehen, erlebt habe, ist noch da. Es muß nur wachgerufen werden. Das Erstaunlichste ist der Anblick des Namens. Jedes Mal, wenn ich den Namen der Stadt, in der ich geboren wurde, irgendwo lese, auf einem Straßenschild, im Kopf der Zeitung, in einem beliebigen Text, löst der Anblick in mir einen kleinen Schock aus, so, als sei gerade diese Verbindung von Buchstaben für mich von besonderer Bedeutung, einem Klang ähnlich, an den man sich immer wieder erinnert, weil er ein körperliches Wohlbehagen auslöst oder einen Geschmack, den man liebt und den man immer wieder schmecken möchte. Dann sehe ich die Menschen um mich herum an und bin voller Neid. So, wie gestern im Restaurant des Stadttheaters. Ich war hingegangen, um zu prüfen, welche Erinnerungen der niedrige Saal in mir hervorrufen würde. Am Nebentisch saßen sechs Frauen, vielleicht ein Arbeitskollektiv aus vergangenen Zeiten. Ich hörte sie lachen und sprechen. Ich hörte ihre breite dialektgefärbte Sprache, und mein Neid auf sie, die nie diesen Ort verlassen hatten, die immer zu Hause gewesen waren, wurde so groß, daß ich aufstand und ging, ohne etwas zu bestellen. Ich wäre sonst in Versuchung geraten, mich an ihren Tisch zu setzen. Ich will hierher zurück, ich weiß es jetzt genau. War es wirklich notwendig, daß wir damals von hier fortgegangen sind?«
Bella legte den Block beiseite und sah aus dem Fenster. »Damals« war vermutlich im Winter 1944 oder im Frühjahr 1945 gewesen. Da begannen selbst die überzeugtesten Nazis zu fürchten, daß der Krieg verloren sein könn-

te. Aus Angst vor der näher kommenden Roten Armee zog ein Heer von faschismusgläubigen Frauen mit ihren Kindern nach Westen. Sie konnten es nicht sicher wissen, aber eine Art Instinkt sagte ihnen, daß sie dort nach dem Krieg besser aufgehoben sein würden als im Osten. Wenn die Bekämpfung und Vernichtung des bolschewistischen Untermenschentums schon nicht siegreich geendet hatte, so wollten die Frauen sich und ihre Kinder auf jeden Fall nicht der Rache der in ihren Augen entmenschten Horden aussetzen.

Oder waren die Böhmer und ihre Tochter erst bei der zweiten Welle der Flüchtlinge dabeigewesen? Nach dem Ende des Krieges, als die übriggebliebenen Männer aus der Gefangenschaft entlassen worden waren, hatten viele bekannte Nazis sich nicht mehr in ihre Heimatorte zurückzukehren getraut, wenn sie im Osten lagen. Sie hatten darauf bestanden, in den Westen entlassen zu werden. Die Frauen und Kinder waren ihnen später gefolgt.

Hat schon mal jemand untersucht, dachte Bella, inwieweit das reaktionäre Klima der Nachkriegszeit im Westen auch mit dieser Wanderungsbewegung zusammenhängt? Oder war eine solche Untersuchung sinnlos, weil ja, wie inzwischen bekannt, auch die im Osten zurückgebliebene Bevölkerung nur durch Zwang zur Demokratisierung zu bewegen gewesen war.

Und wenn beides nicht stimmte? Konnten die Böhmers nicht auch Bauern gewesen sein, die geflohen waren, weil sie sich mit der Kollektivierung der Landwirtschaft nicht abfinden wollten? Oder ganz normale Leute, die das Land verließen, weil es ihnen zu lange dauerte und zu mühsam erschien, im Osten zu Wohlstand zu kommen, wo doch im Westen alles schneller ging? Nein, die Vergangenheit des Mannes hatte eine Rolle gespielt. Sie erinnerte sich, daß Olgas Feindschaft sich auch auf ihn erstreckt hatte. »Der konnte sich da drüben nicht mehr sehen lassen, aber hier spielt er sich natürlich auf«, hatte sie oft von Olga gehört,

wenn es irgendeinen Ärger mit der Familie Böhmer gegeben hatte. An die Tochter, die in ihrem Alter sein mußte, erinnerte sie sich kaum. Nur daran, daß sie in einem Internat gelebt hatte und ihre Eltern auch in den Ferien selten besuchte. Dafür fuhren die Eltern im Urlaub nach Berchtesgaden und trafen sich dort mit ihr, was Olga jedesmal zu spitzen Bemerkungen über »Besuche im Führerhauptquartier« veranlaßte.
Vor dem Fenster veränderte sich langsam das Licht. Die Grenze zwischen Schnee und Himmel verschwand. Gänse zogen durch die Dämmerung. Dann fuhr der Zug an vereisten Wiesen vorüber, auf denen Kraniche zur Rast eingefallen waren. Die großen grauen Vögel standen ruhig in der Erwartung der Nacht. Wenig später sah Bella ein mit Graugänsen bedecktes Feld. Der Schwarm hatte sich gerade niedergelassen, die Vögel suchten noch ihre endgültigen Schlafplätze. Das Geräusch des fahrenden Zuges übertönte die suchenden, singenden Laute der Gänse, aber Bella meinte sie trotzdem zu hören. Als sie einen Bahnhof erreichten, war es draußen dunkel geworden. Plötzlicher Nebel hüllte die Bahnsteige ein, auf denen sich nur wenige Menschen bewegten. Die Schlaf suchenden Vögel auf den vereisten Wiesen, der in der Dämmerung verschwindende Horizont, der in roten Nebel gehüllte Bahnhof gaben Bella ein Gefühl von Unwirklichkeit. Es war, als führe sie tatsächlich und nicht nur in ihren Gedanken in die Vergangenheit. Sie stand auf und ging in den Speisewagen. In den Abteilen, an denen sie vorüberging, saßen nur noch wenige Menschen. Kälte schlug ihr entgegen, als sie den Speisewagen betrat. An den weißgedeckten Tischen saß niemand. Aus der Küche kam ihr ein Mann mit weißer Kochmütze im Wintermantel entgegen. Die Heizung ist ausgefallen, sagte er, schon die ganze Fahrt. Ich nehm ja nicht an, daß Sie sich setzen wollen. Nach dem überheizten Abteil empfand sie die Kälte als besonders unangenehm.

Zu trinken werden Sie doch haben, antwortete Bella. Ich hol meinen Mantel. Wär schön, wenn Sie inzwischen einen doppelten Wodka einschenken würden.
Als sie zurückkam, standen zwei Gläser auf der Theke zum Bistro. Der Zug fuhr gerade langsamer und hielt auf offener Strecke. Ein Schaffner lief durch den Wagen, sah die Gläser, rief »mir auch, ich komme gleich« und verschwand.
Natürlich dürfen wir im Dienst nichts trinken, sagte der Mann hinter der Theke, während er das dritte Glas füllte. Aber erstens sind wir ja nun bald da, und zweitens: sollen die doch mal stundenlang diese Kälte aushalten, und drittens ist das hier wirklich der größte Scheißjob, den man sich vorstellen kann. Prost.
Bella trank ihm zu. Sie müssen ja nicht hier arbeiten, oder? sagte sie. Der Mann sah sie an, als habe er von einer Frau, die ihren Mantel holte, um im Speisewagen Wodka trinken zu können, eine intelligentere Antwort erwartet. Speck? fragte er, Gurken?
Als Bella nickte, holte er ein Brett hervor, säbelte von einem unangebrochenen Speckstück die erste bräunliche Scheibe herunter, legte sie beiseite und schnitt kleine weiße Speckscheiben ab, die innen rosa waren und Bella zum zweitenmal in den letzten Tagen an Moskau denken ließen. Der Kellner legte Gurkenscheiben neben den Speck, die er aus einem Glas fischte.
Polnische, sagte er zufrieden, das können sie.
Der Zug fuhr langsam weiter. Als der Schaffner kam, füllte er ihre Gläser nach, und sie tranken ihm zu.
Und was treibt Sie in diese Gegend, fragte er, als sie aufatmend die Gläser abgesetzt hatten. Der Wodka war wirklich eisig.
Dies und das, sagte Bella. Ich seh mich einfach mal ein bißchen um. Sie hielt die Hand über das Glas, um zu verhindern, daß es zum drittenmal gefüllt wurde.
Nicht so schnell, sagte sie, ich muß nachher noch ein Quartier suchen.

47

Der Schaffner kniff die Augen zusammen und sah sie an. Das mögen die Leute hier, sagte er, diese Westler, die ihnen über die Zäune sehen, über die bröckeligen Fassaden meckern und die wählen, die uns den Stuhl unterm Hintern wegziehen.
Er setzte sein Glas hart auf und verließ den Wagen.
Nehmen Sie's nicht krumm, sagte der Kellner. Sie wollen ihm gerade sein Haus wegnehmen. Wohnt er jetzt zwanzig Jahre drin, hat alles in Selbsthilfe renoviert, innen. Es fehlte wirklich nur die Fassade. Und nun ist Schluß. Soll ich Ihnen ein Quartier besorgen?
Er hatte das Glitzern in den Augen und den Ton in der Stimme, den Männer im allgemeinen bekommen, wenn eine Frau, die allein ist, mit ihnen trinkt. Bella legte zwanzig Mark auf den Tisch und ging zurück in ihr Abteil. Der Block lag noch immer neben ihrem Sitzplatz, und sie setzte sich und las weiter.
»Heute lieh ich ein Fahrrad und fuhr aus der Stadt, am Ufer des Flusses entlang. Bei den Speichern, braunrote Ziegelsteine, schwere Quader gegen den Himmel, begann das Gefühl, in die Vergangenheit zu fahren wie in einen Tunnel. Am Anfang wagte ich nicht zu atmen, aus Furcht, der Tunnel könne sich auflösen, verschwinden, und ich sei wieder ohne Erinnerung. Aber er verschwand nicht. Ich fuhr, in der Ferne sah ich, wie ein Licht am Ende des Tunnels, die alte Zugbrücke. Da wollte ich ankommen und unterwegs begreifen, was damals geschehen war auf diesem Fluß, der jetzt flach und ruhig an meiner linken Seite dahinfloß. Einmal kam mir ein kleines Segelboot entgegen. Es geschah nichts, aber der Tunnel war noch da. Und dann, kurz vor der Brücke, der Radweg war schon in die Betoneinfassung des Ufers übergegangen, stieg ich vom Rad. Plötzlich kannte ich jeden Stein des Kopfsteinpflasters, das sich vor mir in einer kleinen Erhebung bis zur Brücke hinzog. Mehr als vierzig Jahre hatte ich diese Steine nicht gesehen, und ich erkannte jeden einzelnen. Ich sah auf den Fluß. Dort fuhr ein Schiff,

eine Art Lastkahn, flach. An der Reling standen Männer und winkten zum Ufer herüber. Und wir, Kinder und Frauen, ich trug einen dunkelblauen, gestrickten Rock und einen weißen Pullover, mir war warm, wir winkten zurück. Neben mir klatschten ein paar Frauen in die Hände. Am Heck des Schiffes war ein Seil befestigt, das ins Wasser führte. An dem Seil hing ein Mann. Ich sah nur die Füße und ein Stück der Unterschenkel, die ein wenig über die Wasseroberfläche hinausragten, und hin und wieder, wenn die Heckwelle ihn frei ließ, den Körper. Der Mann war tot. Er bewegte nicht die Arme, machte keinen Versuch, das Gesicht über Wasser zu halten, wie er es gemacht haben mußte, bevor das Schiff unter der Zugbrücke hindurch vom Bodden hergekommen war. Ich sah auf das Bündel im Wasser, sah einen der Männer an der Reling die Hände an den Mund legen und hörte ihn rufen. Er rief: Der tut uns nichts mehr. Abgeschossen. Wir haben ihn aufgefischt. Neben mir klatschten die Frauen. Auch ich hob die Hände, um zu klatschen. Der Druck des Fahrradrahmens, der gegen meine Hüfte fiel, ließ mich innehalten. – Ich möchte wissen, weshalb sie geklatscht haben. Und wo mein Vater war. Es muß hier Menschen geben, die sich erinnern können. Aber wo?« Hier brachen die Aufzeichnungen ab. Es gab noch eine kurze Liste mit Stichworten, vielleicht eine Art Arbeitsprogramm: Stadtarchiv / Elisenhain / Utkiek / Flugplatz / Bierkeller stand da.
Eigentlich merkwürdig, dachte Bella, daß sie über diese Orte keine Aufzeichnungen gemacht hat. Sie war doch lange genug da.
Der Zug fuhr wieder langsamer. Sie sah aus dem Fenster. Eine Mauer erschien, auf der übergroße Reklametafeln angebracht worden waren. Im Vorbeifahren las Bella:

»Kinder sind dankbarer als jeder Chef.«
»Kinder brauchen Aufmerksamkeit.«
»Kinder sind spannender als jeder Krimi.«

Sie sah ein nacktes Paar, Bierdosen in der Hand, die Produktion eines Kindes, mit der sie offensichtlich gerade beschäftigt sind, unterbrechend.
»Kinder machen glücklicher als Geld.«
Mit der Reklame leistete ein Kaufhaus-Konzern seinen Beitrag zur Beruhigung der Frauen, die in den letzten drei Jahren durch die Zerstörung der Einzelhandelsstrukturen arbeitslos geworden waren.
Als der Zug am Bahnhof hielt, stiegen außer Bella noch zwei Fahrgäste aus, die so schnell verschwanden, daß sie den Eindruck hatte, sie sei allein mit dem Zug gekommen. Die Bahnhofshalle war leer, alle Schalter geschlossen. Ein Restaurant gab es nicht. Bella hatte keine Lust, auf den Kellner zu warten, um ihn nach einem Hotel zu fragen. Vielleicht – aber es gab auch kein Taxi. Der Platz vor dem Bahnhof war der kälteste und unfreundlichste Anblick, der ihr seit Jahren begegnet war. Sie schulterte ihre Reisetasche und ging los. Irgendwo dahinten schienen die Lichter einer Kneipenreklame zu leuchten. Vor ihr lagen ein paar hundert Meter verschneiten Bürgersteigs. Es war so kalt, daß aus den Sielen Dampf entwich. Im Licht der Straßenlaternen färbte sich der Dampf schwefelgelb.
Wenigstens unter der Erde scheint noch Leben zu sein, dachte Bella. Trotz der langen Fahrt und der unfreundlichen Umgebung fühlte sie sich plötzlich wunderbar. Was konnte es Schöneres geben, als in eine fremde Stadt zu kommen, in der niemand etwas von ihr erwartete. Sie war frei, ihre Schritte dahin zu lenken, wohin es ihr allein sinnvoll erschien. Sie hatte sich eine Aufgabe gestellt, von der niemand wußte, auch die nicht, die sie kennenlernen würde, weil sie mit ihrer Aufgabe zu tun hatten. Sie wußte nicht, wo sie die Nacht verbringen würde, war neugierig und verstand nicht mehr, was sie dazu bewogen hatte, in den letzten zwei Jahren zu Hause zu hocken.
In Wirklichkeit bist du nichts weiter als eine gewöhnliche Schnüfflerin, Bella Block, dachte sie und grinste sich zu.

Eine, die es genießt, Macht zu haben, weil ihre Arbeit von den Schwächen anderer lebt. Die davon begeistert ist, sich anzuschleichen, wenn das Opfer noch nicht mal eine Ahnung hat, was ihm droht. Die so gefährlich ist, daß ihr Name die Bösen erzittern und die Guten jauchzen läßt. Das Licht erwies sich tatsächlich als zu einer Gastwirtschaft gehörend. Bella öffnete die Tür, stand im Dunkeln, schob den dicken Filzvorhang zur Seite und war angekommen. Es zitterten nicht die Bösen und jauchzten nicht die Guten. Dafür starrten zwei heruntergekommene Männer in ihre fast leeren Biergläser und eine müde Wirtin auf das Bild des über der Tür angebrachten Fernsehers. Sie sah so endgültig über Bella hinweg, daß die kurz daran dachte, die gastliche Stätte schnell wieder zu verlassen. Nur der Gedanke daran, daß es anderswo ähnlich sein könnte, hielt sie davon ab.
Sie ging zu einem Tisch am Fenster. Die Gaststube hatte sehr große Fenster, wegen der Kälte war die untere Hälfte mit einer Decke verhängt worden. Die Art der Befestigung der Decken ließ darauf schließen, daß sie schon seit mindestens dreißig Jahren in jedem Winter auf die gleiche Weise befestigt wurden. Der Kälteschutz war sicher sinnvoll, denn die Heizung reichte nicht aus, um den großen Raum warm werden zu lassen.
Hier können nur Leute sitzen, bei denen es zu Hause noch kälter ist, dachte Bella.
Unvermittelt stand die Wirtin vor ihr. Bella bestellte Tee und Wurstbrote. Die Wirtin war nicht unfreundlich, eher schien es, als hätte sie es aufgegeben, irgend etwas zu erwarten. Bella beschloß, sie nach einem Quartier zu fragen, wenn sie aus der Küche zurückkäme. Ein leichtes Klacken erweckte ihre Aufmerksamkeit. In einer Ecke des großen Raumes stand im Halbdunkel ein Billardtisch. Sie erkannte eine junge Frau in einem kurzen, engen Rock und hohen Stiefeln. Die Frau war sehr groß und sehr dünn. Sie hantierte so selbstverständlich mit dem Queue, als sei sie damit zur Welt gekommen.

Sie hatte auf Anweisung ihres Mannes den Schlitten vor das Gartentor gestellt. Jetzt kam sie zurück. Aus dem Keller hörte sie ein metallenes Geräusch, so, als schlüge jemand an eine Blechtonne. Die Tonne. Sie wußte sofort, was das zu bedeuten hatte. Die Tonne hatte schon im Keller gestanden, als sie in das Haus gekommen war. Sie war nicht weggeworfen worden, weil man nichts wegwarf, was man vielleicht irgendwann noch einmal gebrauchen konnte. Im Laufe der Jahre war sie von einer Ecke in die andere gewandert, zuletzt hatten sie sie wohl bewegt, als das Haus auf Zentralheizung umgestellt worden war. Damals hatten die Handwerker sie zur Seite gerückt, sie hatte sie danach ganz aus den Augen verloren.
Er hatte die Frau in die Tonne getan, und sie würden sie jetzt wegbringen.
Während sie in den Keller hinunterstieg, hielt sie sich am Geländer fest. Sie fühlte ihre Beine schwer und sich selbst ganz ruhig. Wie in Watte, dachte sie.
Der Mann hatte die Tonne mit Stoff umwickelt. Er schätzte die Kraft seiner Frau richtig ein. Wenn sie es schaffte, gemeinsam mit ihm die Tonne die Treppe hinaufzutragen, wäre sie oben nicht mehr in der Lage weiterzumachen. Er würde die Tonne über den Plattenweg rollen müssen. Der Stoff sollte verhindern, daß dabei Lärm entstand.
Wo hat sie nur gestanden, dachte die Frau. Sie war am Fuß der Kellertreppe angekommen. Ihr Mann stand neben der Tonne, die umgekippt am Boden lag. Er ging ihr entgegen, legte einen Arm um ihre Schultern und führte sie ein Stück zur Seite.

Ich rolle sie bis dicht an die Treppe. Dann faßt du vorn an, und wir hieven das Ding gemeinsam hoch.
Das Ding, sagte sie. Ihre Stimme war vollkommen tonlos.
Er ließ sie stehen, ging zurück und rollte die Tonne auf die Treppe zu. Von innen kam ein klatschendes Geräusch. Er rollte langsamer, als er sah, daß seine Frau einen panischen Ausdruck im Gesicht hatte. Vor der Treppe blieb er stehen.
Komm jetzt, sagte er, es ist gleich vorbei.
Gehorsam kam die Frau an die Treppe.
Da sind Griffe, sagte er.
Erst jetzt sah sie, daß er um das obere Ende der Tonne ein dickes Seil geschlungen hatte, das rechts und links zwei Halteschlaufen bildete. Sie griff in die Schlaufen, stieg rückwärts eine Stufe hoch und dann noch eine und noch eine. Langsam wuchteten sie die Tonne die Kellertreppe hoch.
Das Seil, sagte sie. Sie spürte, wie es über den Rand der zugeschweißten Tonne zu rutschen begann.
Setz ab.
Da waren sie auf der dritten Stufe von oben angekommen, und er konnte die Tonne kippen. Wieder gab es innen ein klatschendes Geräusch. Er sah, daß die Frau nicht mehr lange durchhalten würde.
Geh schon vor, sagte er, warte am Schlitten.
Sie wandte sich langsam um, so, wie man sich im Traum bewegt, langsam und unfähig, dem Entsetzlichen zu entgehen, von dem man verfolgt wird. Er sah ihr nach. Hatte er ihr zuviel zugemutet? Doch dann sah er sie zurückkommen, Holzstücke in der Hand, mit denen sie die beiden Türen festklemmte, die sie vom Plattenweg trennten. Als er mit der Tonne den Weg erreicht hatte, ging sie, an ihm vorbei, zurück und entfernte die Holzstücke unter den Türen. Sie schloß die Haustür ab. Er stand schon neben dem Schlitten und wartete. Gemeinsam hoben sie die Tonne auf den Schlitten. Ohne daß er etwas zu sagen wagte,

nahm sie ihm das Seil aus der Hand und zog an. Leicht und schnell glitt der Schlitten durch den Schnee. Ihm blieb nicht anderes übrig, als neben dem Schlitten herzulaufen und die Tonne festzuhalten. Als sie die Straße erreichten, blieb sie stehen und sah sich um. Sie sprach nicht, aber es war klar, daß sie wissen wollte, wohin sie zu gehen hatte.
In den Bierkeller, sagte er, und sie zog sofort an und ging weiter. Die Straße war vereist. Sie ging so schnell, daß er Angst bekam, sie würde stürzen. Einmal kam ihnen mit aufgeblendeten Scheinwerfern ein Auto entgegen, aber auch da wurde sie nicht langsamer. Der Fahrer mußte ihnen ausweichen, weil sie in der Mitte der Straße gingen. Fast wäre das Auto dabei im Graben gelandet.
Das hätte uns noch gefehlt, dachte er und war froh, als sie den Nebenweg erreichten. Der Weg war nicht gepflastert. Frost hatte die tiefen Furchen im Boden hartgefroren. Sie mußte langsamer gehen, weil der Mann Schwierigkeiten hatte, die Tonne auf dem Schlitten zu halten.
Das, was die Ortsansässigen Bierkeller nannten, hatte diese Funktion schon lange nicht mehr. Der Keller lag tief unter der Erde. Die Bäume, die auf dem kleinen Hügel wuchsen, der die Decke bildete, waren alt, hundert oder zweihundert Jahre. Hinter der Eingangstür führte eine tiefe Treppe nach unten. Zur Lüftung waren an allen Seiten des Kellers steil nach unten gehende Schächte eingelassen worden. Das Gelände rund um den Bierkeller hatte man eingezäunt, nur den Platz vor der Eingangstür hatte man frei gelassen. Im Krieg hatte der Keller als Luftschutzkeller gedient. Jetzt war es schon seit langer Zeit nicht mehr erlaubt, ihn zu betreten, weil sich dort Kolonien von Fledermäusen eingenistet hatten. Beide, der Mann und die Frau, hatten als Kinder bei Fliegeralarm in dem Keller gehockt. Sie hatten auch darin gespielt, obwohl das schon damals verboten gewesen war. Der Frau fiel ein, daß ähnliche Tonnen wie die, die

sie auf dem Schlitten hinter sich herzog, damals auch da unten gewesen waren.
Durch den Schacht? fragte sie. Ihre Stimme war etwas lebhafter, wohl durch die Anstrengung und das schnelle Tempo, mit dem sie den Schlitten gezogen hatte.
Er wußte, daß es am einfachsten gewesen wäre, die Tonne durch einen der Schächte nach unten rollen zu lassen und sich dann davonzumachen. Aber dazu hätten sie den Zaun zerstören müssen, um an einen der Lüftungsschächte zu kommen. Außerdem wußte er nicht mehr, an welcher Stelle da unten die anderen Tonnen standen. Hin und wieder wurde der Keller von einem Vogelschützer aufgesucht, der nach den Fledermäusen sah. Es würde auffallen, wenn eine Tonne allein irgendwo herumlag. Deshalb war er am Abend vorher dagewesen und hatte den Eisenbeschlag an der Eingangstür gelockert, so daß er jetzt das Schloß leicht entfernen konnte.
Nein, hier vorn, antwortete er. Sie standen direkt vor der Tür. Obwohl der Beschlag gelockert war, dauerte es eine Weile, bis er die Nägel aus dem dicken Holz der Tür herausgezogen hatte. Er hätte ein Werkzeug gebraucht, aber außer einer Taschenlampe hatte er nichts mitgenommen. Die Frau neben ihm wartete gleichmütig. Ihr Atem hatte sich beruhigt. Schließlich hing das Schloß, zusammen mit dem Eisenbeschlag, auf dem linken Türflügel. Die Tür ließ sich leicht öffnen. Im Lichtkegel der Taschenlampe lag die breite Treppe vor ihnen. Aufgescheuchte Fledermäuse schossen ihnen entgegen. Die Treppe ging tief hinunter. Er begriff sofort, daß sie es nicht schaffen würden, die Tonne dort hinunterzutragen. Er hatte die Treppe flacher und nicht so lang in Erinnerung gehabt.
Geh nach draußen und mach die Tür hinter mir zu, sagte er. Er schob sie zurück, und sie setzte sich gehorsam in Bewegung. Draußen stand sie neben dem leeren Schlitten und wartete. Das Seil, mit dem sie den Schlitten gezogen hatte, lag auf dem vereisten Schnee. Hinter der Kellertür

hörte sie ihren Mann rumoren. Sie bückte sich und versuchte, das Seil loszuknoten. Es war steif gefroren. Im Keller gab es einen dumpfen Knall. Er hatte die Tonne nach unten gestoßen. Jetzt würde er hinuntergehen und sehen, wo er sie verstecken könnte. Aber er kam heraus und hielt ihr die Taschenlampe hin.
Leuchte, sagte er, ich will das Schloß in Ordnung bringen.
Sie ließ das Seil nicht los und hielt die Lampe dicht neben seine Hände. Er knipste sie aus, als er fertig war.
Ich laß dich doch nicht allein hier stehen, sagte er. Morgen ist auch noch ein Tag. Der Rest ist ein Kinderspiel.
Er nahm ihr das Seil aus den Händen, legte den Arm um ihre Schultern und drängte sie zu gehen. Sie gingen schweigend nebeneinander her. Als sie die Straße erreichten, begann es wieder zu schneien.
Das ist gut, sagte er, keine Spuren.
Sie antwortete nicht, aber er hörte sie einen tiefen Seufzer ausstoßen, den er für einen Seufzer der Erleichterung hielt.

Die Wirtin nannte Bella nicht nur eine Pension in einem kleinen Dorf hinter der Stadt, sondern es stellte sich auch heraus, daß ihr Mann einen Autoverleih betrieb. Er kam eine Viertelstunde später mit einem ziemlich gut erhaltenen Wartburg, nachdem Bella ihm am Telefon erklärt hatte, sie wolle ein möglichst unauffälliges Auto, und sie würde ihn wieder vor seiner Wohnung absetzen. Das, so schien ihr, als sie ihn sah, war auch dringend nötig. Der Mann war nicht mehr nüchtern. Er trug zu dem Trainingsanzug, in dem er auf dem Sofa gelegen und ferngesehen hatte, ein kariertes Jackett und roch nach Rauch und irgend etwas Undefinierbarem. Die Wohnung lag nur ein paar Häuserblocks vom Lokal entfernt, und Bella war erleichtert, als sie ihn vor seiner Haustür abgesetzt hatte. Sie fuhr ein Stück durch die Stadt, vorsichtig, denn die Straße schien glatt zu sein. Einige der Häuser, an denen sie vorüberfuhr, waren nicht mehr bewohnt. Leere Fensterhöhlen, zerbrochene Scheiben, vernagelte Ladenfenster und Haustüren konnte sie vom Auto aus sehen. Sie war froh, als sie die Stadt hinter sich hatte.
Das Dorf, in dem sie unterzukommen hoffte, lag zehn Kilometer entfernt in Richtung Osten. Auf dem Weg dahin, gleich hinter der Stadt, während sie an einer kleinen Ansammlung von Häusern vorbeifuhr, die vielleicht früher einmal ein selbständiges Dorf gewesen waren, liefen ihr beinahe zwei Menschen in den Wagen, die einen Schlitten hinter sich herzogen. Sie hatte Mühe, den Wagen auf der glatten Straße vor dem Ausbrechen zu bewahren. Der Gasthof »Zur Sonne« war nicht zu übersehen. Das Dorf

bestand nur aus wenigen Häusern, und das Gasthausschild war beleuchtet. Sie parkte den Wagen neben der Eingangstür, nahm ihre Tasche und ging ins Haus. Der Flur hinter der Eingangstür war dunkel, aber von rechts drang Licht durch die Türritzen. Dort mußte der Gastraum sein. Sie öffnete die Tür, sagte guten Abend, stellte die Tasche ab und schloß die Tür hinter sich. Dann sah sie sich um. Vor ihr am Tresen saß ein Mann, gekleidet, als sei er gerade von draußen gekommen oder als wolle er gerade gehen. Das Bierglas, das er vor sich hatte, war voll. Hinter der Theke stand der Wirt. Er bemühte sich nicht, Bellas Gruß zu beantworten. Die beiden Männer sahen sie an.
Ich hoffe, Sie haben noch ein Zimmer für mich, sagte Bella. Sie war sicher, ein Zimmer zu bekommen. Es stand kein Auto vor der Tür, und die Dorfbewohner schliefen im eigenen Bett.
Sind Sie aus dem Westen? fragte der Wirt statt einer Antwort. Er kam hinter dem Tresen hervor auf sie zu, und seine Haltung war nur als kampflustig zu bezeichnen.
Bella mußte unwillkürlich lachen.
Allerdings, tut mir leid, sagte sie.
Das kann Ihnen auch leid tun. An euch vermiete ich nämlich nicht mehr. Von euch hab ich die Schnauze voll. Er hatte sich vor Bella aufgebaut und fuchtelte mit den Armen in der Luft herum.
Fred, sie kann doch nichts dafür. Der Mann am Tresen versuchte, den Wirt zu beruhigen.
Wofür, fragte Bella, wofür kann ich nichts?
Der Wirt trat einen Schritt zurück und holte tief Luft.
Ich sag's Ihnen, keine Bange. Ich werd Sie darüber aufklären, was mit Ihnen los ist. Hier haben die ganze Woche fünf Jäger gewohnt, aus dem Westen. Das Haus hier hat Ofenheizung. Meine Frau ist jeden Morgen um fünf aufgestanden, hat den Ofen angemacht, die Gaststube geheizt, den Herren Frühstück hingestellt, bloß damit die rechtzeitig loskamen. Abends waren sie zurück, haben mit

ihren Dreckstiefeln das Haus von oben bis unten eingesaut – hätten ja mal die Stiefel ausziehen können, machen die doch zu Hause auch, nicht, sagte der Mann vom Tresen her.
Kein Gedanke, den ganzen Lehm mußte die Frau wegwischen, ihnen abends Essen kochen und auch noch freundlich sein.
Ja und? sagte Bella.
Was, ja und? Der Wirt brüllte fast. Was, ja und! Heute morgen kommt sie runter und macht ihnen Frühstück, wie gewöhnlich. Sie sieht die Taschen, denkt sich aber nichts dabei. Und nach dem Frühstück erklären die Herren ihr, sie würden jetzt abreisen. Und zahlen würden sie nicht. Es sei ihnen bei uns zu primitiv gewesen.
Der Wirt schrie jetzt wirklich. Wenn ich das geahnt hätte, ich wäre heute nacht aufgestanden und hätte ihnen die Reifen zerstochen. Jawohl, das hätte ich. Ich hab die Schnauze voll von den Westlern. Ihr könnt mich mal – Mann, dafür kann ich doch nichts, sagte Bella. Im stillen dachte sie: Wie wär's denn gewesen, wenn du morgens um fünf aufgestanden wärst, um das Haus zu heizen und Frühstück zu machen? Vielleicht hätten die Kerle sich heute morgen nicht getraut, einfach abzuhauen, wenn der Herr des Hauses nicht noch mit dem Hintern im Bett gelegen hätte?
Nein, natürlich nicht, sagte der Wirt. Aber das sag ich Ihnen: bei mir nur noch gegen Vorkasse.
Könnte ich vielleicht das Zimmer vorher sehen? fragte Bella.
Thea, rief der Wirt, Thea.
Aus dem Hintergrund des Schankraumes kam eine kleine Frau mit graublonden Haaren. Sie trug Pantoffeln und eine Kittelschürze.
Tut mir leid, sagte sie und zeigte an sich herunter. Ich hatte nicht mehr damit gerechnet, daß noch jemand kommt. Irgendwann macht man mal Schluß. Der Tag ist lang genug. Und die Wäsche will auch in Ordnung gebracht sein.

Die Frau ging voran. Sie machte Licht in dem dunklen Hausflur, stieg vor Bella die Treppe hinauf und zeigte ihr ein einfach eingerichtetes Zimmer.
Die Dusche ist über den Gang, sagte sie. Der Gang ist nicht geheizt. Aber Sie können sich natürlich auch hier waschen. Dabei zeigte sie auf das Waschbecken, das in einer Ecke zwischen Wand und Schrank angebracht war.
Das Zimmer war scheußlich. Vermutlich würde es zu teuer sein. Aber Bella hatte keine Lust mehr, nach etwas anderem zu suchen.
Ich zahle für ein paar Tage im voraus, vielleicht bleibe ich länger, dann sag ich Bescheid, sagte sie.
Die Frau nickte erleichtert. Ziemlich sicher hatte ihr Mann sie für die Zechprellerei der Jäger verantwortlich gemacht. Das macht achtzig Mark pro Nacht, sagte sie, aber dafür haben Sie auch einen Fernseher.
Bella zahlte, sagte, sie habe schon gegessen, morgens wolle sie ausschlafen und jetzt schlafen gehen. Die Frau ließ sie allein. Sie sah sich um. Die Vorhänge vor den Fenstern waren rot, die Läufer vor den Betten gelb. Die Tapete hatte ein grünbraunes Rhombenmuster, und das Gestell des Lampenschirms auf dem Nachtschrank war mit rosa Wollfäden bespannt. Dem hellbraunen Kleiderschrank war in der Mitte eine Spiegelscheibe aufgeklebt worden. Bella sah sich ratlos im Zimmer stehen und mußte lachen. Na gut, dachte sie, auspacken, das Licht ausmachen und den Fernseher einschalten. Das Gerät hatte sogar eine Fernbedienung. Sie saß im Bett, schaltete, und auf dem Bildschirm erschien der Verteidigungsminister. Er schritt mit dummem Gesichtsausdruck an einer Reihe dumm blickender, uniformierter Männer vorüber, die vom Sprecher als Kern des Euro-Corps bezeichnet wurden.
Also nicht fernsehen, dachte Bella und schaltete das Gerät aus. Sie legte sich in den Kissen zurecht, schob noch einmal den Arm unter der Decke hervor und knipste die Nachttischlampe aus. Im Halbschlaf hörte sie zwei Män-

nerstimmen vor dem Haus. Der Wirt und der Mann am Tresen, dachte sie, der geht jetzt nach Hause. Als unten die Tür ins Schloß fiel, schlief sie schon.

Morgens erwachte sie von einem Geräusch, das sie nicht kannte, einem metallischen Klappern. Neugierig ging sie ans Fenster. Vor dem Haus stand ein dunkelbrauner Kombi. Ein krummer alter Mann war damit beschäftigt, große Milchkannen auf der Ladefläche zurechtzurücken. Auf den steinernen Stufen stand die Wirtin, zwei große Glasgefäße mit Milch neben sich. Sie wartete, bis der Mann abfuhr, winkte ihm nach und trug vorsichtig eines der Gefäße ins Haus.
Auf der gegenüberliegenden Straßenseite stand ein niedriges Haus mit zerfleddertem Strohdach. Hinter dem geöffneten Fenster neben der Haustür saß eine alte Frau auf der Bettkante und begann mühsam aufzustehen. Die Frau war nackt. Sie angelte mit dem Bein einen Schemel heran und versuchte, auf die Sitzfläche gestützt, vom Bett hochzukommen. Ihre Bewegungen waren kraftlos, woher hätte sie die Kraft auch nehmen sollen. Keine Muskeln, nur dünne Haut, so schien es, umgab ihre Knochen. Als sie sich vorbeugte, um sich abzustützen, hingen die Brüste vor ihr herab wie leere Tüten. Gegenüber vom Haus lag eine Wiese. In den Disteln am Rand hing der Schnee wie reife Baumwolle. Das Gras bewegte sich nicht. Die Welt draußen schien vor Kälte erstarrt, und die mühsamen Bewegungen der Alten wirkten darin obszön lebendig.
Als Bella in der Gaststube erschien, hatte die Wirtin das Frühstück schon bereitgestellt, große Mengen Wurst, Marmelade, Butter, Brot und ein Ei, dazu eine Kaffeekanne, deren Inhalt mit einer gehäkelten Kaffeemütze warm gehalten wurde. Die Wirtin legte eine Zeitung auf den Tisch,

wünschte guten Appetit und verschwand. Bella frühstückte ausgiebig und sah anschließend in die Zeitung. In einer nahegelegenen Kleinstadt hatten einfallsreiche oder sensationslüsterne Journalisten einen Aufsatzwettbewerb unter Schülern veranstaltet, Thema: Keine Gewalt an Schulen! Die Kinder hatten die Aufsätze anonym abgeben dürfen. Das Ergebnis war so deutlich ausländerfeindlich ausgefallen, daß selbst die Zeitungsleute erschrocken waren. Jetzt trösteten sich Lehrer und Journalisten damit, daß die Menschen in dieser Gegend, die lange Zeit ein hinterwäldlerisches Dasein hätten führen müssen, alles Fremde argwöhnisch beobachteten. Schließlich hätten die Schüler zu Menschen aus anderen Staaten bisher kaum Kontakt gehabt, sagten die Lehrer. Sie wüßten nicht so richtig, was ein Ausländer sei. Ein besonders kluger Schulleiter erklärte: Die Kinder reden, was sie von den Eltern hören.
Da hat er recht, dachte Bella. Während des Krieges hat man hier gefangene Untermenschen auf den Feldern arbeiten lassen. Die Eltern haben ihre Eltern über dreckige Pollacken und verlauste Russen reden gehört. Und den lieben Kleinen fällt jetzt dazu ein:
»Wenn es nach mir ginge, würde ich an der deutsch-polnischen Grenze einen Todesstreifen errichten und jeden Ausländer, der nicht in Not ist, erschießen.«
Die Wirtin erkundigte sich, ob das Frühstück in Ordnung gewesen sei. Bella fragte sie nach der Adresse des Stadtarchivs der Kreisstadt. Die Wirtin wußte nicht, ob es überhaupt eines gab, erbot sich aber, auf dem Amt anzurufen und zu fragen.
Später, Bella saß wartend am Fenster, die alte Frau von gegenüber war verschwunden, das Fenster stand noch immer offen, kam sie mit der Adresse ins Zimmer.
Am späten Vormittag fuhr Bella in die Stadt. Sie fuhr langsam, die abgelegene Straße war vereist, aber auch, um die Schönheit der Landschaft zu genießen. Endlose verschneite Wiesen, hin und wieder ein Feld und ein Trecker

63

vor einem Pflug, der einen Streifen dunkelbrauner Erde freilegte, gefolgt von einem Krähenschwarm. Schlehengebüsch stand wie weißes Gespinst an den Straßengräben. Der Tag war klar und hell, aber er würde so nicht bleiben.
Das Stadtarchiv war bald gefunden. Die Eingangstür der Baracke war verschlossen. Bella klingelte, ermutigt durch ein Schild mit den Öffnungszeiten. Eigentlich hätte jetzt geöffnet sein müssen. Ziemlich bald hörte sie Schritte hinter der Tür. Eine freundliche Frau, etwa im gleichen Alter wie sie selbst, öffnete und ließ sie ein.
Wir schließen immer ab, sagte die Frau, so als sei das eine Erklärung. Im Inneren der Baracke hing ein Geruch, der dem in den Kontrollstellen an der früheren DDR-Grenze ähnelte und Bella auf den Gedanken brachte, daß sich das »immer« auch auf die Zeiten vor der Grenzöffnung bezog. Wahrscheinlich war, was früher als Vorschrift galt, jetzt als Gewohnheit zurückgeblieben. Ihre Befürchtung, die Archivarin würde auch so unzugänglich und geheimhalterisch sein, wie sie früher vielleicht hatte sein müssen, bewahrheitete sich nicht.
Ich habe hier ein paar Stichworte, fragte sie. Wäre es möglich, daß Sie mir sagen, was die Worte zu bedeuten haben und ob es bei Ihnen Material darüber gibt?
Nehmen Sie Platz und fangen Sie an, sagte die Archivarin. Wir haben hier nicht viel, aber vielleicht kann ich helfen.
Bella setzte sich neben den Schreibtisch, ein schweres, altes Ding, das vielleicht einmal im Herrenzimmer einer Villa gestanden hatte. Durch das Fenster sah sie auf einen Haufen verschneiter Kohlen. In ihrem Rücken bollerte ein Kanonenofen. Die Archivarin notierte Elisenhain, Utkiek, Flugplatz, Bierkeller, ohne eine besondere Regung zu zeigen. Sie sah auf und fragte: Mehr nicht?
Nein, sagte Bella, oder fehlt noch was?
Statt einer Antwort erhob sich die Frau, ging in einen Nebenraum und kam mit zwei schweren Mappen zurück, die sie vor Bella auf den Tisch legte.

Hier, sagte sie, über Utkiek, Flugplatz und Bierkeller finden Sie hier alles, was wir haben. Zu Elisenhain habe ich nichts. Ich kann Ihnen nur sagen, daß das ein Wald ist, hier ganz in der Nähe, praktisch bei – sie nannte den Namen der Häuseransammlung, durch die Bella auf ihrer Fahrt in die Stadt gekommen war –, ein sehr schöner Wald übrigens. Jetzt im Winter, ich weiß ja nicht, aber so um Pfingsten rum, da müßten Sie mal hingehen.
Daraus wird wohl nichts werden, sagte Bella, so oft bin ich nicht hier.
Ich geh dann nach nebenan, sagte die Archivarin, wenn Sie mich brauchen, rufen Sie einfach.
Danke, sagte Bella. Ich glaube. Sie arbeiten hier nicht erst, seit es die DDR nicht mehr gibt, oder?
Nein, antwortete die Archivarin, ich bin hier schon lange. Ich war nie dafür, deshalb bin ich noch da. Außerdem: wenn man sich einrichtete und nichts gegen »oben« sagte, ging es ja gut.
Sie stand auf und verließ das Zimmer. Der Bretterboden knarrte unter ihren Schritten. Bella setzte sich vor den Schreibtisch, schob die schweren Mappen auseinander und begann, die darin enthaltenen Fototafeln durchzusehen.
Der Utkiek war ein an der Flußmündung gelegenes Ausflugslokal mit einer großen, altmodischen Glasveranda. Einige der Fotos waren im Winter aufgenommen worden, nicht wegen des Lokals, sondern wegen des Ereignisses, das stattgefunden hatte, ein sogenannter Eintopfsonntag. Sie sah fröhliche, dick vermummte Menschen, meist Frauen und Kinder, mit Kochgeschirren vor einem Metallkübel stehen. Uniformierte, auf kleinen Treppen stehend, füllten mit großen Kellen Suppe in die bereitgehaltenen Näpfe. Sie meinte, die heiße Suppe in der kalten Luft dampfen zu sehen. Die Winterfotos waren 1943 aufgenommen worden. Keines der Fotos ließ einen Schluß darauf zu, was Christa Böhmer daran interessiert haben

könnte. Immerhin war es möglich, daß sie jetzt am Utkiek gewesen war.
Bella legte die Mappe zur Seite und ging in das benachbarte Zimmer. Die Archivarin sah auf.
Gibt's dieses Lokal, diesen Utkiek, noch, fragte Bella.
Ich glaube schon, sagte die Archivarin, aber wahrscheinlich nicht mehr lange.
Die Aufnahmen zum Thema Flugplatz zeigten Flugzeughallen, ausgedehnte Rollfelder und, mehrfach fotografiert, die pompöse Beerdigung eines Militärs. Neben einem dreimotorigen Flugzeug waren vier Kompanien von Soldaten und SS-Männern angetreten. Hinter einem Sarg, der auf einer Lafette zum Flugzeug gefahren wurde, gingen Offiziere und eine schwarzgekleidete, verschleierte Frau.
Sie ging noch einmal nach nebenan.
Und den Flugplatz, gibt's den noch?
Nee, den haben die Russen gesprengt, sagte sie, jedenfalls die Hallen und das Eingangstor mit Adler und Hakenkreuz. Der Adler mit dem Hakenkreuz, der muß sie zu sehr gereizt haben. Um die Hallen hat's ihnen wahrscheinlich später leid getan. Die Munitionsbunker sind dann jedenfalls heil geblieben. Die Volksarmee hat sie genutzt. Und nun wohl die Bundeswehr.
Und der Bierkeller? fragte Bella.
Den gibt's noch ganz, antwortete die Archivarin. Nur rein darf man nicht mehr. Der gehört jetzt den Fledermäusen.
Und früher durfte man ihn betreten?
»Durfte« ist gut. Da mußte man rein, immer wenn Fliegeralarm war. Ich bin selbst als Kind drin gewesen. Die Fledermäuse gab's schon damals. Für uns Kinder war der Keller ein einziges Vergnügen. Die Gänge, viele kleine Räume, die schrägen Schächte nach draußen. Wenn man schnell war, konnte man die in einem Anlauf schaffen. Denkt man nicht, aber war eine schöne Kindheit, obwohl Krieg war. Heute hat der Naturschutz den Keller mit Beschlag belegt, für die Fledermäuse eben.

Bella ging zurück und sah sich auch die Bilder, die den Bierkeller zeigten, an. Es waren Innenaufnahmen, auf denen sich schmale Schächte mit dicken, weißen Wänden in die Tiefe senkten.
Sie wußte nun, was Christa Böhmer sich angesehen hatte oder ansehen wollte. Gab es einen besonderen Grund, weshalb sie gerade an diesen Orten interessiert gewesen war?
Bella klappte die Mappen zu. Die Archivarin kam zurück.
Und? sagte sie, brauchen Sie Fotokopien?
Nein, antwortete Bella, ich wollte nur wissen, worum es überhaupt geht. Danke für Ihre Hilfe.
Das mach ich doch gern, antwortete die Archivarin. Der anderen hab ich Kopien von den Sachen gemacht. So viel ist ja nicht zu tun. So was kann ich immer dazwischenschieben.
Der anderen? fragte Bella.
Ja, die wollte sogar die Einwohnerlisten, hatten wir nur bis 1942, aber das war ihr dann auch recht.
Sie meinen Frau Böhmer, sagte Bella.
An den Namen erinnere ich mich nicht genau, aber der ist hier irgendwo eingetragen. Ist ja schon 'ne Weile her. Die Archivarin holte ein Heft aus der Schreibtischschublade. War irgendwann im Sommer, mein ich, sagte sie, während sie blätterte.
Bella ging zu ihr hinüber und sah ihr über die Schulter. Alle Kopien waren ordentlich mit Stückzahl, Name, Adresse und Gebühr eingetragen. Christa Böhmer hatte am 24. August, vor mehr als drei Monaten also, acht Kopien anfertigen lassen. Das hatte sie vier Mark gekostet. Und möglicherweise ihr Leben.
Die Einwohnerliste würde mich auch interessieren, sagte Bella.
Wie sie erwartet hatte, fand sie darauf die frühere Adresse der Familie Böhmer. Jedenfalls nahm sie an, daß mit dem Mann auch die Familie dort gewohnt hatte. Die Liste enthielt nur Männernamen, die allerdings auch gleich mit Be-

rufsbezeichnung. Der Vater der Böhmer war auf dem Flugplatz beschäftigt gewesen.
Ein SS-Mann wahrscheinlich, sagte sie halb laut, nicht gerade das, was man sich als Vater wünscht.
Ach, sagte die Archivarin, das will ich nicht sagen. Unsere Väter waren doch alle SA oder SS oder in der Wehrmacht. Trotzdem waren sie in Ordnung.
Gibt's eigentlich noch Akten über die Leute, fragte Bella, hier im Archiv?
Nein, hier in der Stadt nicht. Das wurde ja alles kurz vor Kriegsschluß noch vernichtet. Ist doch verständlich. Wurde ja nach der Wende auch gemacht. Da gibt's nichts mehr.
Ist ja auch egal, sagte Bella, die das Gefühl hatte, die freundliche Haltung der Frau ändere sich. Jedenfalls danke ich Ihnen.
Während die Archivarin sie hinausbegleitete, vorbei an dem heißen Kanonenofen, über die knarrenden Flurbretter zur verriegelten Tür, wiederholte sie still für sich den Namen des Hotels, in dem Christa Böhmer gewohnt hatte, und beglückwünschte sich gleichzeitig. So schnell hatte sie nicht damit gerechnet, eine Spur zu finden.

Das Hotel erwies sich als ein großer Kasten außerhalb der Stadt. Es lag an der Straße, die zurück in das Dorf führte, in dem ihre Pension lag, war vor Jahren in Plattenbauweise aufgestellt worden und sah inzwischen ziemlich mitgenommen aus. Ein niedriger Anbau diente als Foyer. Die neuen Sitzmöbel reichten nicht aus, um den heruntergekommenen Eindruck zu verwischen. An der Rezeption stand eine junge Frau in durchsichtiger weißer Bluse. Sie unterhielt sich mit einem Wichtigtuer im blauen Anzug, der den Aktenkoffer, das Zeichen seiner Bedeutung, neben sich abgestellt hatte. Der Aktenkoffer war eine Billigausgabe, aber offenbar hier noch geeignet, zu beeindrucken. Bella wartete eine Weile. Als sie keine Lust mehr

hatte, dem Geschwätz des Kofferträgers zuzuhören – er war dabei, eine Textilfirma aufzubauen, in der Hunderte Arbeit finden würden, es fehlten ihm nur noch die Ersparnisse der Frau, mit der er sprach –, machte sie sich bemerkbar. Die Frau hatte keine Lust, sich mit ihr abzugeben. Wahrscheinlich sah sie sich gerade als Unternehmersgattin über Fabrikgelände schreiten.
Keine Ahnung, antwortete sie auf Bellas Frage nach der Böhmer, ich bin erst seit gestern hier. Fragen Sie die Alte, wenn Sie etwas wissen wollen.
Sie zeigte in den Hintergrund. Dort, ein paar Stufen hoch, war im Halbdunkel das Gestänge einer Garderobe zu erkennen.
Bemüh dich nicht, Mäuschen, sagte Bella. Sie wandte sich um und stieß gegen den Aktenkoffer. Er fiel um. Die darin aufbewahrte Zahnbürste klapperte gegen eine Seitenwand.
Erst als sie ganz nahe war, sah Bella die alte Frau, die in einer Ecke der Garderobe saß. Sie hatte eine Flasche Milch und eine Schachtel mit Broten vor sich auf einen kleinen Tisch gestellt. Als Bella sie ansprach, stand sie auf und kam aus dem Halbdunkel nach vorn.
Kommen Sie, setzen Sie sich zu mir, sagte sie freundlich. Sie war winzig klein. Als sie ein Stück des Garderobentresens hochklappte, um Bella den Weg frei zu machen, reichte sie kaum über die Tischplatte.
Sie stören mich nicht, sagte sie, während sie vor Bella her zurückging in den Hintergrund. Um diese Zeit sitze ich hier sowieso nur herum. Eigentlich sitze ich überhaupt nur herum. Hat vielleicht noch keiner gemerkt. Oder interessiert hier keinen. Nehmen Sie den anderen Stuhl, der da ist nicht in Ordnung.
Bella nahm den Stuhl, der in Ordnung war, und setzte sich an den Tisch.
Eine zweite Tasse hab ich nicht, tut mir leid, sagte die Alte. Ich hab ja sonst hier keinen Besuch.

Ein einzelner Mantel hing an einem der Garderobenhaken. Der Größe nach konnte er nicht der alten Frau gehören.
Vielleicht erinnern Sie sich, sagte Bella. Im Sommer hat hier eine Frau gewohnt, eine aus dem Westen. Ungefähr in meinem Alter. Sie hat ihre Sachen hiergelassen. Sie sind nachgeschickt worden.
Natürlich erinnere ich mich, sagte die Alte. Hier ist doch alles durcheinander. Da vorn an der Rezeption ist schon die dritte in diesem Jahr. Die gehen alle wieder weg, mit Westmännern. Die haben mehr zu bieten. Daß ich nicht lache. Da vorn stehen sie und führen große Reden. Aber keine Mark für die Garderobenfrau. Die Mäntel lassen sie im Auto.
Bella sah zur Rezeption hinüber. Ein weiterer Mann kam gerade zur Tür herein. Er trug einen dunklen Anzug und stellte seinen Aktenkoffer auf den Boden, bevor er sich in das Gespräch der beiden anderen einschaltete.
Der lungert hier auch schon ein paar Tage rum, sagte die Alte. Die denken, ich hör nichts und seh nichts. Gestern hat er versucht, sich von mir Geld zu leihen. Abends hat er plötzlich Geld gehabt. Wer weiß, wie sie es anstellen. Hat wahrscheinlich ein Haus verkauft, das ihm nicht gehört. Bei meiner Tochter hat auch schon einer geklingelt. Hat ein schönes Haus, direkt am Wasser. Bar auf die Hand, hat er gesagt, wenn sie auszieht, kriegt sie das Geld bar auf die Hand. In drei Wochen sollte sie raus sein. Sie ist nicht drauf reingefallen. Anders als die da.
Sie wies mit dem Kopf auf die junge Frau an der Rezeption.
Wenn die in zwei Wochen noch hier ist, freß ich 'nen Besen. So, wie die sich rausputzt.
Und die Frau aus dem Westen, sagte Bella. Der man die Sachen nachgeschickt hat. Was war mit ihr?
Die Alte sah Bella an. Ihr Blick war klar und aufmerksam. Sind Sie mit der verwandt?
Nein, sagte Bella. Sie ist verschwunden. Ich suche sie. Im Auftrag ihrer Mutter.

Das Gesicht der Alten verfärbte sich. Es wurde bläulich, und ihre Hände griffen fahrig auf dem Tisch herum. In der Tasche, sagte sie. Ihre Stimme klang angestrengt. Sie zeigte auf eine zerrissene Stofftasche, die zwischen den leeren Garderobenständern stand. Bella holte sie und fand zwischen Schlüsseln, Taschentüchern und Geldbörse eine Tablettenschachtel. Zwei, krächzte die Alte, während Bella sich bemühte, die Tabletten schnell aus der Packung zu holen. Die Frau steckte zwei rote Tabletten in den Mund, trank mühsam etwas Milch und lehnte sich zurück.
Es geht gleich wieder, sagte sie.
Bella wartete und sah sich in der Garderobe um. Braun gestrichenes Holz, schwarze, eiserne Haken, in den Ekken ein paar Kartons und ein aufgerollter Läufer, der Fußboden aus Zement, grün angestrichen und zwischen den Garderobenständern abgelaufen. Ein trostloser Arbeitsplatz, dachte sie.
Die alte Frau erholte sich schnell.
Ist ein Westmedikament, sagte sie. Ich halte nichts von denen. Kommen hierher und wissen alles besser. Nichts wissen die. Woher auch. Wissen Sie, weshalb die in Wirklichkeit hier sind? Die wollte drüben keiner mehr haben. Ich seh sie mir genau an. Und wenn ich hier fertig bin, geh ich nach Hause und mach den Fernseher an. Da kann man sie auch bewundern. Und in der Zeitung. Das ist nicht mal die zweite Garnitur. Die machen alles kaputt, verdienen sich eine goldene Nase dabei, und unsere Leute sind zu blöd, um das zu begreifen. Eines Tages werden die hier wieder abziehen, das garantiere ich Ihnen. Verbrannte Erde werden sie hinterlassen, nichts als –
Bitte, sagte Bella, regen Sie sich nicht auf. Ich möchte doch nur wissen, was mit dieser Frau geschehen ist. Was hat sie hier gemacht? Haben Sie mit ihr gesprochen?
Wenn Sie nicht verwandt sind, kann ich es Ihnen ja sagen. Sie war harmlos, aber ich konnte sie trotzdem nicht ausstehen. Eine von der Sorte, die jetzt plötzlich ihre Heimat

wieder entdecken. Vierzig Jahre haben sie nicht gewußt, was ihre Heimat war, und jetzt kommen sie hierher, laufen rum, starren alles an mit glänzenden Augen und wollen »wiederkommen«. Als ob wir auf sie gewartet hätten. Die kam jeden Abend hier an meine Garderobe und wollte mit mir von alten Zeiten reden. Hat behauptet, daß ihre Mutter und ich uns gekannt hätten. Natürlich hab ich die gekannt. Aber ich hatte keine Lust, jeden Abend die alten Geschichten aufzuwärmen. Wissen Sie, was ich bemerkt habe?
Sie hatte sich so in Rage geredet, daß Bella einen neuen Anfall befürchtete.
Nein, sagte sie. Bitte, regen Sie sich nicht auf. Erzählen Sie mir, was Sie bemerkt haben.
Es ist etwas mit der Zeit, sagte die Alte. Erst dachte ich, es stimmt etwas nicht. Aber es ist alles in Ordnung. Es ist so, daß es zwei Arten von Zeit gibt. Die äußere und die andere. Die Leute glauben, daß allein die äußere Zeit existiert. Also, die Tage, die Wochen, die Monate, na, Sie wissen schon, Kalender eben, man hat Geburtstag und wird älter und stirbt. Aber das ist alles unwichtig. In Wirklichkeit leben sie nicht nach dem Kalender. Sie leben nach der anderen Zeit, nach dem, was in ihrem Inneren vorgeht, was für sie ganz allein wichtig ist. Diese Frau, wie alt war sie, vielleicht fünfzig. Das war für sie ganz ohne Bedeutung. Sie erinnerte sich an früher, so, als wäre es heute. Sie war wieder ein Kind. Sie versuchte, ihr Leben da wieder aufzunehmen, wo es einmal abgebrochen worden war. Sie hat mir erzählt, sie wäre damals lieber hier geblieben, als ihre Mutter mit ihr in den Westen zog. Wegen des Nazi-Vaters. Da sind ja eine Menge Leute abgehauen. Meinen Mann haben die Russen eingesperrt. Als er wiederkam, sah er aus wie ein Ballon, so aufgeschwemmt. Hat's nicht mehr lange gemacht. Aber ich seh ihn immer noch vor mir. Damals hab ich mir –
Die Frau, sagte Bella, hat sie hier noch andere Leute aufgesucht? Wen wollte sie wiedersehen?

Sie sind zäh, was?
Bella lächelte. Die alte Frau gefiel ihr, obwohl sie beim Reden dauernd den Faden verlor. Wahrscheinlich lebte sie allein und hatte wenig Menschen, mit denen sie sprechen konnte.
Ich hör Ihnen gern zu, sagte sie, ich möchte bloß zwischendurch auch eine Antwort auf meine Fragen. Wissen Sie, wen sie sonst noch aufgesucht hat?
Was das angeht, da können Sie froh sein, daß die so schnell wieder abgereist ist. Wenn sie hiergeblieben wäre, hätte sie bestimmt zwanzig Leute aufgesucht. Hat sich nach allen erkundigt, mit denen sie zur Schule gegangen ist. Und nach den Nachbarn. Von denen ist aber nur noch einer da. Die meisten sind gegen Kriegsende abgehauen. War so 'ne Art Bonzensiedlung, wo wir gewohnt haben. Deshalb hat man ja damals auch meinen Mann abgeholt. Dabei war der nun wirklich ein harmloser Marschierer. Aber kann man ihnen das übelnehmen? Wie sollten die denn unterscheiden? Drei Monate haben wir noch zusammengelebt, als er zurück war. Erst dachte ich, er würde platzen. Und dann ist er plötzlich zusammengeschrumpft. Er wurde immer kleiner. Da wußte ich, jetzt geht's mit ihm zu Ende. Gott sei Dank war das im Sommer. Der Opa, ein paar Häuser weiter, ist im Winter gestorben. Was glauben Sie, wie schwer es war, ein Grab auszuschaufeln. War doch niemand da, der einigermaßen Kraft hatte. Bei uns konnte das sogar ein Junge machen, der vom Nachbarn. Zu dem ist sie ja dann auch.
Zu wem?
Na, zu dem Giese. Damals war er gerade vierzehn. War ein richtig strammer Hitlerjunge. Aber damit war ja bald Schluß. Hat sich überall nützlich gemacht. Ein netter Junge. Das werd ich nie vergessen, wie die ihren Opa beerdigt haben. Ich bin hin, schließlich kannten wir uns lange. Sie hatten den Alten im Wohnzimmer aufgebahrt. Da war er auch gestorben, beim Essen, hieß es. Die Möbel waren

ausgeräumt und er lag da in der Mitte, gelb und vertrocknet. Aber wenn man reinkam, ein Geruch, sehr merkwürdig. Er hatte da zu lange gelegen. Sie haben keinen Pastor gekriegt, die waren ja auch alle in Gefangenschaft. Schließlich haben sie irgendwo einen aufgetrieben, der hatte einen Schaden. Nein, nein, er war ganz in Ordnung, er konnte nur seinen Kopf nicht gerade halten. Er drehte ihn zur Seite, ruck, und dann lief er der Nase nach. Landete natürlich immer in irgendeiner Ecke, nie da, wo er hinwollte. Das war eben einer von den Übriggebliebenen, den hätten sie im Krieg ja auch schlecht gebrauchen können.
Und der Junge, dieser Giese?
Fix, sag ich Ihnen, sehr fix. Er hat den Pastor am Arm genommen, vor den Sarg geführt und ihn da festgehalten, bis er fertig war. Ging ganz gut mit dem Predigen, wenn er erst mal stand. Na, und dann sind wir los. Wie sie den Sarg die Treppe runtergebracht haben, weiß ich nicht mehr. Unten stand ein Pferdewagen, ach was, der kleine Leiterwagen aus dem Dorf, der so klapprig war, daß selbst die Russen ihn nicht gebrauchen konnten. Das Pferd konnte einem nur noch leid tun. So was Dünnes! Und keine Straßen, so wie heute. Der Weg zum Friedhof war hartgefroren. Der Sarg wäre vom Wagen gerutscht, so holperig war die Erde, aber wieder der kleine Giese. Er und der versoffene Schwager vom Opa haben aufgepaßt, daß der nicht runterrutschte. Ich seh noch seine rotgefrorenen Hände. Waren doch viel zu kurz, die Ärmel seiner Jacke. Die HJ-Uniform hätte er ja schlecht anziehen können. Wär wohl das einzige gewesen, was ihm gepaßt hätte. Und das alles bei zwanzig Grad unter Null. Daß wir uns nicht die Beine gebrochen haben in den harten Furchen.
Und dieser Giese, der lebt noch?
Warum sollte er nicht? Dem geht's wunderbar. Der hat jetzt ein Lokal. Das ist einer von der Sorte, denen es immer gutgeht. Obwohl – die Alte kicherte fast, und sie sah

plötzlich bösartig aus –, ein Problem hat er ja doch. Bella nahm ihr Notizbuch heraus, fischte einen Bleistiftstummel aus der Jackentasche und schob beides über den Tisch. Schreiben Sie mir die Adresse auf?
Die Alte kritzelte, ohne zu zögern, die Adresse in das Notizbuch.
Sein Problem ist sein Sohn, sagte sie aufsehend. Er hat zwei Kinder, Sohn und Tochter, und davon ist der Sohn mißraten. Aus ihrer Stimme klang Zufriedenheit und Schadenfreude. Es war offensichtlich, daß sie diesem Giese sein Unglück gönnte. Bella brachte es nicht übers Herz, das Gespräch abzubrechen, bevor sie die Geschichte des mißratenen Sohnes gehört hatte.
Als sie ging, überlegte sie, daß es durchaus möglich sein mochte, daß dieser Sohn einer der wenigen im Dorf war, mit dem ein vernünftiges Gespräch zu führen war.
Sie hatte Hunger und beschloß, essen zu gehen. Einfach war das nicht. Sie fand erst nach längerem Suchen ein einigermaßen annehmbar aussehendes Restaurant. In einer altmodischen Glasveranda saßen einige Männer und Frauen um freundlich leuchtende Lampen. Von innen betrachtet, an einem Tisch hinter den Glasfenstern sitzend, sah die Welt anders aus. Der ältliche Kellner hatte zuviel getrunken. Sein dunkelroter Anzug war zerknittert und bekleckert. Zwei ihm ähnelnde Kollegen hingen an der Bar im Hintergrund herum. Sie störte mit ihrer Bestellung offensichtlich ein wichtiges Gespräch. Es roch nach Bratenfett und Fichtennadeln. Da kein Tannengrün zu sehen war, nahm sie an, jemand habe die Klotür offengelassen. Sie bestellte einen doppelten Wodka mit Orangensaft und beschloß, auf das Essen zu verzichten. Ihre Bestellung löste beim Kellner eine Art Verbrüderungseffekt aus, der sich auch auf seine Kollegen übertrug. Während sie trank, hoben die Herren an der Bar mehrmals das Glas in ihre Richtung. Sie beeilte sich, die gastliche Stätte zu verlassen.

Die Luft draußen war sehr kalt. Es waren kaum Menschen zu sehen. Und die wenigen beeilten sich, nach Hause zu kommen. Bella ging durch die leere, schlecht beleuchtete Fußgängerzone, vorbei an Häusern mit zugenagelten Schaufenstern, schnell und billig zurechtgemachten Klamottenläden, altmodischen Friseurgeschäften mit Scheibengardinen, die nur mühsam verdeckten, daß die Einrichtung im Inneren eher einer Zahnarztpraxis vor vierzig Jahren als einem Frisiersalon glich. Einige Häuser waren gründlich saniert worden. Ihre glatten, farbigen Fassaden boten einen obszönen Anblick inmitten der Trümmerlandschaft. So, wie Obszönität meist eine Reaktion hervorruft, hatte auch ihr Anblick Reaktionen hervorgerufen. Sie waren mit Farbbeuteln beworfen worden.
Bella hatte den Wodka zu schnell getrunken. Er wirkte nicht als gläserne Wand, die sich wie sonst zwischen sie und die Umwelt schob. Sie fühlte einen brennenden Klumpen im Magen und sah zerfallende Häuser. Ihr Wagen stand auf einem vereisten, dunklen Parkplatz. Er stand da als einziger. Sie war sicher, wenn sie ihn jetzt nicht wegnähme, würde er am nächsten Morgen festgefroren sein. Unter den Rädern knirschte das Pfützeneis, als sie den Parkplatz verließ. Völlig unbegründet, wenn nicht die vereisten Pfützen den Grund abgaben, fielen ihr Verse ein:

Eine Winternacht kommt für uns, läßt
Uns versinken in rauschendem Licht,
Diabolisch entfesseltem Fest,
Wo dein Auge, dein Dolch – mich ersticht.

Sie würde zurückfahren in ihr Gasthaus, dort etwas essen und dann schlafen. Die Beunruhigung, die sie ergriffen hatte, mußte damit zu tun haben, daß sie diese Art Arbeit nicht mehr gewohnt war.

Sie verließ die Stadt über die holprige Ausfallstraße, vorbei an dem Hotel, in dem sie die alte Frau gesprochen hatte. In dem trostlosen Kasten waren nur wenige Fenster erleuchtet. Sie brachte die Häuseransammlung hinter sich, in der sie ihre Nachforschungen fortsetzen würde, denn dort irgendwo lag Gieses Lokal.
Nach ein paar Minuten kamen ihr von Fackeln beleuchtete Trecker entgegen. Sie fuhr an den Straßenrand. Die Trecker beanspruchten die Fahrbahn ganz. Im Licht der Fackeln sah sie Männer auf den Anhängern sitzen. Sie hielten Spruchbänder in den Händen. Ihre Gesichter waren von einer Art, wie Bella sie noch nicht gesehen hatte: derb und verwittert, voller Wut, mit vorgeschobenen Kinnladen, dabei lachten sie, als seien sie sich ihrer Kraft bewußt. »Wollt ihr einen Bauernaufstand«, las sie auf einem der Transparente.
Ein bißchen spät, Jungs, dachte sie, während sie den Wagen auf die Straße zurückfuhr, nachdem der letzte Trecker an ihr vorbeigefahren war.
Die Laterne über dem Eingang des Gasthofs, in dem sie ihr Zimmer gemietet hatte, brannte noch. Aus den Fenstern der Gaststube schien ein trübes Licht. Vor den Eingangsstufen stand ein Geländewagen.
Vielleicht sind die Jäger zurückgekommen, um ihre Rechnung zu bezahlen, dachte Bella. Sie hatte noch immer Hunger. Die Wirtin würde ihr sicher etwas zu essen machen. Sie öffnete die Tür zur Gaststube. Die Wirtsleute standen hinter dem Tresen, ein paar Männer aus dem Dorf davor. Alle sahen schweigend auf den runden Tisch mit dem Schild Stammtisch.
An diesem Tisch saß ein Mann mit zwei Frauen. Sie hatten große, frischgefüllte Biergläser vor sich stehen und eine Platte mit belegten Broten, bei deren Anblick Bella das Wasser im Mund zusammenlief. Der Mann am Tisch, ein kleiner dicklicher Mensch, vielleicht fünfunddreißig Jahre alt, mit kurzen Armen und dicken Patschhänden, die

aus den Ärmeln eines Missoni-Pullovers sahen, führte das große Wort. Die beiden Frauen, eine junge und eine ältere, die sich als jung ausgab, hingen schweigend an seinen Lippen. Wenn sie sprechen würden, dann nur, um dem Gegenstand ihrer Bewunderung Fragen zu stellen, die seinen Redefluß in Gang hielten. Die schwarzen Kleider, die sie trugen, waren so billig, daß der elegante Eindruck, den sie hervorrufen sollten, unter Knitterfalten und Fusseln verborgen blieb.
Herein, meine Dame, rief der Kleine, geben Sie ihr ein Bier, und wandte sich dann seinen Begleiterinnen wieder zu. Das ist doch kein Problem. Was glaubt ihr, wie sich die Leute in Berlin um das Projekt reißen. Wohin sollen die denn mit ihren Alten? Das habt ihr doch gehört, was da für Preise für Bauland genommen werden. Seniorenanlagen sind da nicht mehr drin. Ist ja alles gut und schön, Familie und Zusammenhalten und so. Aber wer will denn heutzutage noch die Alten bei sich in der Wohnung haben. Von den Geldleuten meine ich. Parties, Empfänge, Geschäftsbesuche und die Omma immer mittendrin. Nee, da liegen wir schon richtig.
Aber gleich zwanzig Kilometer Küste, sagte die Junge. Sie sagte es bewundernd. In ihrer Stimme war der breite Dialekt der Einheimischen zu erkennen.
Natürlich, hier muß man klotzen, nicht kleckern.
Herbert ist eben keiner, der sich mit kleinen Sachen abgibt, sagte die Ältere. Auch sie war aus der Gegend. Der Ausschnitt ihres Kleides war entschieden zu tief für das Abendbrot in einer Dorfkneipe. Vielleicht war er der Grund, weshalb die Männer an der Theke nur staunten, aber nichts sagten. Herbert legte die Arme um beide Frauen, zog sie an sich, ließ sie wieder los und griff nach seinem Bierglas. Sein Gesicht war so aufgequollen, daß die Augen darin fast verschwanden.
Zahlt er auch wirklich, fragte Bella leise die neben ihr stehende Wirtin. Die sah sie unwillig an, sagte nichts und wandte ihren Blick wieder Herbert zu.

Ein Altenpark, wie in Florida, sage ich euch. Ein Milliardenprojekt, Euro-Maßstab, ach, was sage ich: Weltmaßstab. Dann ist es hier vorbei mit der Arbeitslosigkeit. Solche Leute wollen bedient werden, gepflegt, bekocht.
Is ja alles gut und schön, sagte einer der Männer vorn Tresen her. Aber hier is nu mal nicht Florida; von wegen dem Wetter.
Damit hatte er Herbert sein Stichwort gegeben. Mit einer beinahe würdevollen Kopfbewegung wandte er sich dem Mann an der Theke zu.
Ich wundere mich, sagte er, ich wundere mich immer wieder. Aber Sie können ja nichts dafür. So ein System, das die Leute in Unwissenheit hält, ist eben verbrecherisch. Guter Mann, solche Dinge baut man heute mit Innenhöfen unter Solarbeschuß. Schon mal was davon gehört? Da werden die alten Leutchen noch im Alter brauner, als eure Broiler es je gewesen sind.
Ist das denn gesund, Herbert? Die Junge schmiegte sich an und wartete mit hochgeklappten Augendeckeln auf eine Antwort. Bella betrachtete die Wirtsleute und die Männer am Tresen. In ihren Gesichtern überwog die Hoffnung, daß wahr sein möge, was ihnen der Dicke gerade erzählte. Wahrscheinlich hatten die Männer keine Arbeit mehr. In solarbeschossenen Innenhöfen Blumenbeete zu pflegen mochte ihnen als wunderbare Alternative erscheinen.
Wie als Antwort auf Bellas Überlegungen begann Herbert wieder zu reden. Den Gesundheitseinwand hatte er wohl überhört.
Sie nehmen es mir nicht übel, Herr Wirt, wenn ich feststelle, was sowieso schon jeder sehen kann: hier ist doch nichts los. Der Laden ist doch tot.
Früher, begann der Wirt, aber Herbert unterbrach ihn. Früher, früher – da haben hier vielleicht eure Kolchosbauern ihr Feierabendbier getrunken. Wenn ihr damit zufrieden wart, na gut, das ist eure Sache.

Wen meinen Sie eigentlich mit »ihr«? fragte Bella.
Alle Gesichter wandten sich ihr zu, die Männer am Tresen stumpf, die Wirtsleute ängstlich – was fürchten sie eigentlich –, die Damen dumm kichernd. Herbert schien entzückt über die neue Gesprächspartnerin, aber Bella sah gleichzeitig ein wachsames Funkeln in den Augen des Dicken. Er hatte sie erkannt. Sie war aus dem Westen und vorsichtiger zu behandeln als die Einheimischen.
Gute Frau, sagte er, das klingt aber sehr böse. Dafür gibt's überhaupt keinen Grund. Wenn Sie nicht zu den Miesmachern gehören, natürlich. Solche Miesmacher – er wandte sich an die Wirtsleute –, solche Miesmacher gibt's zur Zeit überall; das können Sie mir glauben. Ich komme weit rum in der Welt –
Er kommt gerade aus Marbella, sagte die Junge, aber niemand hörte hin.
– alles starrt gebannt auf die Deutschen. Werden sie mit der neuen Herausforderung fertig? Aber denen werden wir's zeigen. Und was den Umweltschutz angeht, da sind wir sogar Spitze. Wollen Sie wissen, wie hoch der Anteil für Umweltschutz ist, den wir bei unserem Projekt einplanen?
Lassen Sie mich raten, sagte Bella. Hundert Millionen?
Hundertvierzig, sagte die Ältere strahlend, so strahlend, als hätte sie die Millionen gerade im Lotto gewonnen.
Da hören Sie es aus berufenem Munde. Soeben hat Ihnen die Umwelt-Dezernentin des Landkreises eine Auskunft gegeben, die eigentlich noch nicht unter die Leute sollte. Also, Schweigen bitte. Sie gefährden sonst den Job dieser Dame.
Er kniff der Umwelt-Dezernentin in den rundlichen, nackten Oberarm und lachte dabei in die Runde.
Ich geh nach oben, sagte Bella zur Wirtin. Würden Sie mir ein paar belegte Brote bringen? Ich find's heute abend hier ausgesprochen laut.
Sie verließ den Raum, ohne eine Antwort abzuwarten. Der Hausflur war kalt. Oben hatten sich auf den Fenster-

scheiben Eisblumen gebildet. Im Zimmer empfing sie muffige Wärme. Sie machte kein Licht und tastete sich im spärlichen Schein der Außenlampe zu den Fenstern.
Die Laterne am Gasthaus war das einzige Licht, das die Dorfstraße beleuchtete. Auf dem Anger gegenüber glitzerte der Schnee, wurde blau und dunkel, löste sich in Finsternis auf. Die Fenster der Häuser waren schwarz. Als sie lange genug in die Dunkelheit gesehen hatte, erkannte sie Eiszapfen an den Rändern der niedrigen Strohdächer. Von unten aus der Gaststube hörte sie kurz ein lautes Lachen, als die Tür aufgemacht und gleich danach wieder geschlossen wurde. Die Wirtin kam die Treppe herauf. Sie klopfte und öffnete die Tür.
Mein Gott, Sie haben ja gar kein Licht gemacht, sagte sie.
Bella ging ihr entgegen, drückte auf den Schalter neben der Tür und nahm der Wirtin das Tablett aus den Händen.
Ist manchmal auch ganz schön im Dunkeln, sagte sie. Manche Sachen sieht man da besser.
Die Wirtin blieb in der Tür stehen und antwortete nicht.
Ich wollt, ich könnt auch ins Bett gehen, sagte sie schließlich. Gott sei Dank werden die hier nicht übernachten.
Es macht Ihnen doch nichts aus, wenn ich den Ofen morgen früh erst um sieben anmache? Das wird noch eine lange Nacht da unten. Wer weiß, was der noch aus der Küche will. Solche Leute haben manchmal die sonderbarsten Wünsche.
Nein, es macht mir nichts aus, sagte Bella. Ich möchte sowieso gern lange schlafen.
Dann gute Nacht, sagte die Wirtin. Sie schloß die Tür hinter sich. Bella hörte sie die Treppe hinuntergehen. Sie sah auf den Teller mit Wurstbroten. Er sah appetitlich aus. Sie würde die belegten Brote schnell essen, bevor die Fettstücke in der Mettwurst zu glänzen begannen.

Ihre Arbeit in der Garderobe des Hotels war gegen zweiundzwanzig Uhr beendet. Das war früher so gewesen, und die neuen Besitzer, von denen niemand wußte, wer sie eigentlich waren, hatten daran nichts geändert. Die alte Frau packte die leere Milchflasche und die Brotdose in einen Beutel, zog ihren Mantel an und ging. An der Rezeption war niemand, und so ging sie, ohne sich zu verabschieden.
Im Sommer, wenn es abends lange hell blieb, war der Nachhauseweg auf dem Fahrrad der schönste Teil des Tages. Die Autos waren weg, das Licht über dem Wasser schien dunkel und durchsichtig zugleich. Wenn sie das Dorf am Stadtrand und die Ruinen des Klosters erreicht hatte, sausten die Schwalben mit kleinen Schreien über ihr in der Luft herum; und ein Stück hinter dem Dorf, auf der Landstraße in Höhe des Bierkellers, flatterten lautlos die Fledermäuse. Manchmal, in den langen Sommernächten, brauchte sie nicht einmal das Licht anzumachen, wenn sie zu Hause angekommen war. Jetzt, im Winter, war es schon dunkel, wenn sie zur Arbeit fuhr. Der Weg vom Dorf zum Hotel war beinahe drei Kilometer lang. An manchen Stellen gab es neben der Straße einen Fahrradweg, da fuhr es sich sicherer. Jedenfalls auf dem Heimweg, wenn die Straße von vorüberfahrenden Autos beleuchtet wurde. Jetzt, auf dem Rückweg, war es sehr dunkel. Die alte Frau war froh, daß sie den Weg gut kannte.
Wie oft um diese Jahreszeit kam der Wind von Osten. Aber es war ein leichter Wind, so daß sie nicht absteigen und das Rad schieben mußte. Nur die Hände wurden kalt.

Es fiel ihr schwer, den Schlüssel aus der Manteltasche zu ziehen und in das Schlüsselloch zu stecken. Als sie die Treppe emporstieg, bemühte sie sich, keinen Lärm zu machen. Sie kannte das Haus genau. Auch die Treppe kannte sie seit fünfzig Jahren. Von Anfang an hatten die dritte und die achte Stufe geknarrt. Früher waren ihr die Geräusche, die die Treppe machte, gleich gewesen. Sogar als die Kinder hundertmal am Tag hinauf- und hinuntergelaufen waren, hatte sie das Knarren nicht gestört. Inzwischen waren die Kinder aus dem Haus. Sie war einverstanden gewesen, daß das Haus verkauft wurde. Sie bekam oben das kleine Zimmer und blieb dort. Es war so, wie die Kinder es ihr vorausgesagt hatten: Du bleibst in deiner vertrauten Umgebung, und wir haben das Geld, um uns ein neues Haus zu bauen. Und um den Garten brauchst du dich auch nicht mehr zu kümmern.
Nur, daß sie sich angewöhnt hatte, die dritte und die achte Stufe nicht mehr zu benutzen. Und abends, wenn sie nach Hause kam, im Treppenhaus kein Licht zu machen.
In ihrem Zimmer war es warm. Die neuen Besitzer hatten bald nach dem Einzug im ganzen Haus Zentralheizung einbauen lassen. Sie zog ihren Mantel aus, stellte sich mit dem Rücken an die Heizung, hielt die kalten Hände hinter sich auf den Heizkörper und sah auf das Puppenhaus neben dem Fußende des Bettes. Die winzige Stehlampe darin beleuchtete einen kleinen orangeroten Tisch und zwei Sessel. Sie hatte zuviel geredet am Nachmittag. Diese Sache mit der Zeit – wen geht das was an. Ich weiß nicht, was da auf einmal über mich gekommen ist, dachte sie, jedenfalls, gelacht hat sie nicht.
Sie wartete, bis ihre Hände warm und beweglich geworden waren. Die Hausschuhe standen unter dem Bett. Sie zog sie an und setzte sich auf den Hocker, der vor dem Puppenhaus stand. Oma spinnt ein bißchen, hatten die Kinder zuerst gesagt. Aber dann, als die Einrichtung nach und nach vollständiger wurde, sie die Stoffe erkannten, aus denen die

Kleider und Anzüge der winzigen Puppen gemacht waren, und die Tapeten in den Zimmern genau so aussahen, wie die Tapeten früher im Haus ausgesehen hatten, da waren sie still geworden. Und als die Älteste irgendwann mal gesagt hatte: Mutter, der Platz des Kachelofens stimmt nicht. Der türkisgrüne stand im anderen Zimmer, da hatte sie gewußt, daß sie nicht mehr über sie lächelten. Die Dauerbeleuchtung in der Stehlampe war eine Idee des Schwiegersohns gewesen. Er arbeitete als Elektroingenieur. Irgendwann, als sie ihm wieder einmal wegen einer neuen Batterie in den Ohren gelegen hatte, war er mit einem Trafo und ein paar dünnen Leitungen aufgetaucht und hatte eine Verbindung zur Steckdose hergestellt.
Ihr Blick fiel auf die winzige männliche Puppe, die in der Küche neben dem Herd stand. Sie nahm die Puppe in die Hand und tastete leicht mit den Fingerspitzen über den Anzugstoff. Damit hatte es angefangen. Das Puppenhaus war schon dagewesen. Der Mann hatte es für die Älteste gebaut, bald nachdem sie hier eingezogen waren, eine genaue Nachbildung des großen Hauses. Später hatte es jahrelang auf dem Boden herumgestanden. Mit dem Anzug, den sie sich geweigert hatte, wegzuwerfen, und zusammen mit den alten Kleidern der Kinder hatte sie es in ihr Zimmer geholt, als das Haus verkauft worden war. Damals, als sie völlig unvorbereitet und ohne sich etwas dabei zu denken, den Anzugstoff berührte, war plötzlich die Erinnerung an den Mann, der seit sechzehn Jahren tot war, so heftig gewesen, daß sie sich setzen mußte. Sie hatte die Augen geschlossen und seine Arme um ihre Schultern gespürt und den Stoff seines Jacketts in ihren Handflächen. Später, als das Gefühl in den Händen nachließ und sie die Augen öffnete, war ihr beim Anblick des verstaubten Puppenhauses und des Haufens alter Kinderkleider die Idee gekommen, alles nachzubauen.
Das war nicht einfach gewesen. Was für ein Freudentag, als sie in der Stadt vor dem Tapetengeschäft auf einem

Abfallhaufen das Buch mit den Mustern gefunden hatte. Der Ladeninhaber hatte es weggeworfen. Sicher gab es die Fabrik nicht mehr, die die Tapeten hergestellt hatte. Für sie war der Fund ein richtiger Schatz gewesen. Oder, als unten im Haus die Kachelöfen herausgerissen wurden, da waren ein paar Scherben in ihrem Beutel gelandet. War ziemlich mühsam gewesen, daraus die kleinen Öfen zu kleben.
Sie setzte die Puppe zurück in die Küche und stand auf. Die Knie taten ihr weh. Sie freute sich darauf, ausgestreckt im Bett liegen zu können. Unten im Haus ging eine Tür auf und wieder zu. Manchmal, wenn sie im Bett lag, hatte die alte Frau das Gefühl, als warteten die da unten auf ihren Tod oder darauf, daß sie ins Heim ging. Aber tagsüber, wenn sie sich trafen, waren sie immer freundlich zu ihr. Sollten sie warten. Sie hatte noch Zeit. In ihrer Familie wurden die Frauen alt. Was hatte sie nur geredet zu der Frau im Hotel. So aufdringlich. Ach was, die hätte ja weggehen können. Weshalb sie wohl die Böhmer suchte. Böhmer, das war auch so ein Kapitel für sich. Meinen haben sie eingesperrt. Der Böhmer hat sich hier gar nicht erst blicken lassen. Denen ist es bestimmt nicht schlecht gegangen da drüben. Damals konnten sie nicht schnell genug hier wegkommen. Die Christa hätte ich nicht wiedererkannt. Sieht ihrer Mutter gar nicht ähnlich. Ein grünes Kleid hatte sie an, so grün –

Sie waren daran gewöhnt, nicht früh schlafen zu gehen. Das brachte der Betrieb so mit sich. Als sie aus dem Bierkeller zurückkamen, war es kurz nach Mitternacht. Nicht besonders spät also. Er war in das Restaurant gegangen und hatte ihnen beiden Schnaps eingegossen. Sie trank sonst keinen Schnaps. Aber er hatte geglaubt, der Alkohol würde die Frau aus der Erstarrung holen. Irgendwann unterwegs hatte sie sich aus seinem Arm losgemacht. Er hatte gespürt, wie diese merkwürdige Starre in sie zurückkehrte. Das war ihm unheimlich. Sie tranken schweigend die Gläser leer. Er schenkte noch ein zweites Glas ein. Sie trank auch das ohne Widerspruch leer, fast gierig, so, als hätte sie selbst den Wunsch, die Wirkung des Beruhigungsmittels zu vertreiben. Erst nach dem dritten Glas sprachen sie miteinander. Er hatte nur die Notbeleuchtung hinter dem Tresen eingeschaltet. Sie konnten sehen, wie draußen vor den Fenstern der Schnee in dichten Flocken herabfiel.
Es schneit noch immer, sagte er.
Ja, sagte sie. Wann sagst du es mir?
Ist das denn so wichtig, sagte er. Was geschehen ist, ist geschehen. Weshalb willst du es wissen.
Ich bin deine Frau, sagte sie, und ich kann nicht –
Als sie nicht weitersprach, sah er sie an. Ihr Gesicht war grau wie ihre Haare. Auf die Wangenknochen hatte der Schnaps zwei rote Flecken gezeichnet. Er konnte sehen, daß sie mit ihren Gedanken weit weg war, irgendwo, wo er keine Rolle spielte. Er wollte ihr nicht sagen, weshalb er die Frau getötet hatte. Aber er begriff, daß sie für ihn

eine Gefahr werden konnte. Er mußte sie vertrösten, sie hinhalten, bis sie sich wieder beruhigt hatte.
Natürlich, sagte er, du bist meine Frau. Alles teilen, wie? Die guten und die bösen Tage. So soll es sein. Du mußt dich nur erst mal beruhigen. In zwei, drei Tagen. Was hältst du davon, wenn wir ein paar Tage wegfahren. Den Laden hier machen die Kinder auch allein.
Nein, sagte die Frau. Wegfahren nicht.
Geht auch gar nicht, sagte er, war mir nur so eingefallen. Übermorgen ist Gemeinderatssitzung. Da wird über meinen Antrag entschieden, du weißt doch, den Utkiek. Sieht wohl nicht gut aus, wenn ich nicht dabei bin. Ich bin sicher, der Antrag geht durch. Kannst du dir das vorstellen? Du als Wirtin vom Utkiek? Was meinst du, vielleicht solltest du dann deine Haare färben. Wir sind ein bißchen spät dran mit dem neuen Leben. Aber zu alt sind wir nicht.
Er lachte sie aufmunternd an. Sie verzog die Lippen mit Mühe zu einem Lächeln. Sie wirkten, als seien sie gelähmt und nur schwer zu bewegen.
Möchtest du noch etwas trinken, fragte er. Sie schüttelte den Kopf. Er brachte die Gläser und die Flasche zurück. Die Gläser wusch er ab. Sie sah zu ihm hinüber.
Du verwischs unsere Spuren, sagte sie. Es klang jetzt wie ein Lallen, wenn sie sprach. Das ist gut, alles abwischen.
Er sah erschrocken zu ihr hin. Weshalb sagte sie das? Was ging sie die ganze Sache an, verdammt. Er hätte ihr nichts sagen sollen. Er mußte sich zusammennehmen, um sie nicht anzuschreien.
Komm jetzt, sagte er. Wir gehen schlafen. Du wirst bestimmt gleich schlafen.
Aber sie schlief nicht. Sie lag ruhig da, wie es ihre Art war, gerade auf dem Rücken, den Kopf tief ins Kissen gedrückt, mit geschlossenen Augen.
Was hältst du davon, fragte er nach einer Weile. Ich hatte gedacht, wenn der Antrag durch ist, machen wir da oben einen Eintopfsonntag. Jetzt, wo's so schön kalt ist.

Das könnte doch 'ne gute Reklame für uns sein. Ich kenn den Chef der Truppe, die am Flugplatz liegt. Er war schon ein paarmal hier. Die leihen uns bestimmt ihre Gulaschkanone. Wenn ich das in der Gemeinderatssitzung sage, bei den vielen Arbeitslosen, mit denen die sich rumquälen. Das wär doch mal was. Könnten wir jeden Winter machen.
Noch hast du den Utkiek nicht, sagte sie. Sie sprach lauter, als er erwartet hatte. Etwas wie Trotz meinte er in ihrer Stimme zu hören. Er griff nach ihrer Hand. Sie war kalt und erwiderte seinen Druck nicht. Eine Weile versuchte er, ihre Hand zu wärmen. Er rückte dichter an sie heran und zog die Hand schließlich unter seine Decke. Sie zog die Hand nicht zurück, als er sie zwischen seine Beine schob. Sie wehrte sich auch nicht, als er sich ihren Körper so zurechtlegte, daß er sie bequem beschlafen konnte.
Er war längst eingeschlafen, als sie noch immer wach dalag und gegen die Decke sah. Ihre Hände waren kalt geblieben. Manchmal legte sie die Handflächen gegeneinander, um zu prüfen, ob die Hände wirklich leer waren. Sie waren leer, aber das Gefühl, das das Seil des Schlittens in ihnen hervorgerufen hatte, war trotzdem da. Wenn ihr doch nur einfiele, was Werner ihr damals erzählt hatte –
Irgendwann dachte sie an ihren Vater. Sie hätte ihn gern gefragt, was sie tun sollte. Er hatte immer auf alles eine Antwort gewußt. Aber dies – hätte sie ihn dies fragen können? Sie wußte, es wäre unmöglich gewesen. Er hätte von ihr verlangt, zu handeln. Es gab nichts zu fragen. Für ihn war immer alles ganz einfach gewesen. Sie erinnerte sich an einen kalten Regentag. Sie hatten die Schule vorzeitig beendet und waren auf das Feld geschickt worden, um Kartoffelkäfer abzusammeln. Verdreckt, mit steifen Fingern, war sie nach Hause gekommen und hatte vor Erschöpfung geweint. Heul nicht, hatte er gesagt, wenn sie etwas von dir verlangen, das du nicht schaffst, dann sag es ihnen. Aber heul nicht.

Wie schön wäre es gewesen, wenn der Älteste mehr von ihrem Vater gehabt hätte. Er sah ihm ähnlich, das war richtig. Aber sonst? Nein, daran wollte sie nicht denken. Nicht an diesen Sohn. Der Mann neben ihr schnarchte. Er war so lebendig. Er hatte Pläne. Sie dachte nicht: weshalb hat er die Frau getötet. Sie dachte: weshalb hat er »das« getan. Sie versuchte, darüber nachzudenken, was sie tun sollte, ohne daran zu denken, was geschehen war. Wieder spürte sie das kalte Seil in ihren Handflächen. Sie kroch leise aus dem Bett, ging ins Bad und begann in der Kommode zu kramen, die hinter der Tür stand. In der untersten Schublade fand sie die Schachtel mit dem Heizkissen. Vorsichtig, um den Mann nicht zu wecken, suchte sie im Dunkeln den Stecker der Nachttischlampe, zog ihn heraus und steckte den Stecker des Heizkissens in die Steckdose. Dann kroch sie zurück ins Bett, zitternd vor Kälte, legte sich das Heizkissen auf den Bauch und wartete darauf, daß es warm wurde. Sie hatte die Hände auf das flache Kissen gelegt. Ganz langsam verschwand das Seil aus den Handflächen. Sie schlief ein.
Ja, Vater, sagte sie im Traum. Er hatte sie an die Hand genommen und ging mit ihr auf den Strand zu. Es roch nach Seetang. Die scharfen Kanten der Muscheln drückten sich in ihre nackten Füße. Ja, sagte sie, ich bleibe hier sitzen, bis du zurückkommst. Sie bemühte sich zu lachen, aber sie hatte furchtbare Angst. Der Vater ließ ihre Hand los und ging ins Wasser. Das Wasser war flach. Er ging sehr weit hinaus. Sie sah seine flatternde schwarze Badehose, als er auf einen Stein stieg und ihr zuwinkte. Sie wollte den Arm heben, um zurückzuwinken, aber der Arm war steif. Sie konnte ihn nicht hochheben. Sie konnte sich überhaupt nicht mehr bewegen. Der Vater war verschwunden. Das Wasser stieg. Es umspülte ihre nackten Füße, kam glucksend und gurgelnd näher. Schließlich erreichte es ihren Bauch, dann die Brust. Einmal tauchte weit hinten im Meer der Vater auf. Sie versuchte zu rufen,

und das Wasser lief ihr in den geöffneten Mund, und hustend und gurgelnd, naß von Schweiß und kalt unter der Decke, trotz des Heizkissens, erwachte sie. Durch die schmalen Ritzen neben den schwarzen Papprollos kam graues Licht. Sie hatten verschlafen. Der Mann neben ihr saß aufrecht im Bett. Vielleicht hatte ihn ihr Husten geweckt. Er sah nicht zu ihr hinüber, setzte die Beine aus dem Bett, stand auf und zog die Papprollos hoch.

Hat die ganze Nacht geschneit, sagte er. Sieht schön aus draußen. Da kommt bestimmt heute noch mehr runter. Er verließ das Schlafzimmer. Sie hörte ihn im Badezimmer rumoren. Das Heizkissen war kalt. Der Stecker war nicht fest genug eingesteckt gewesen. Im Bett sitzend, zog sie die Schnur vom Boden zu sich herauf. Da war es wieder, dieses Gefühl, das das kalte Seil in ihren Handflächen hinterlassen hatte.

Über der Tür hing ein Brett, ein Stück Treibholz mit abgeschliffenen Kanten. Es hing schief, so daß Bella den Kopf zur Seite legen mußte, um die Aufschrift zu entziffern, die mit schwarzer Ölfarbe daraufgemalt worden war:

Nichts wäre besser in dieser verfallenen Schenke als keine Ankunft, kein Aufenthalt und kein Abschied.

Diesmal hatte sie die Stadt in Richtung Süden verlassen. An Neubauvierteln und oberirdischen Heizungsrohren vorbei war sie eine Viertelstunde auf der Landstraße gefahren, bevor sie auf der rechten Seite den Hügel sah und den Hof, den sie für das Haus des Malers hielt. Nun stand sie davor und blickte sich um. Ein paar hundert Meter entfernt stand der Wagen, mit dem sie gekommen war, am Straßenrand. Sie hatte ihn dort stehengelassen, weil der Feldweg, der zu dem einzeln liegenden Hof führte, zu verschneit war, als daß sie ihn hätte nehmen können. Der Weg war seit Tagen nicht befahren worden. Eine dünne Fußspur war zu erkennen, die nicht alt sein konnte. Sie sah hoch. Aus dem Schornstein im Strohdach stieg leichter grauer Rauch. Der graue Himmel hing so tief über dem Dach, daß der Rauch nicht lange zu sehen war. Bella trat nahe an die Haustür heran. Eine Klingel gab es nicht. Sie schlug kräftig mit der flachen Hand gegen das Holz. Sie hatte sich bemerkbar machen wollen, in der Hoffnung, hereingebeten zu werden. Statt dessen gab die Tür langsam nach, aber niemand sagte etwas. Sie wartete einen Augenblick, klopfte und schob die Tür auf, obwohl sie

keine Antwort bekam. Schnee rutschte der Tür nach. Sie trat schnell ein und schloß die Tür hinter sich. Von außen hatte das Haus ausgesehen wie die alten, mit Stroh gedeckten Fischerhäuser, die in der Gegend seit Hunderten von Jahren gebaut wurden. Auf einer großen Grundfläche versammelten sie viele kleine Räume unter dem tiefgezogenen Dach. In diesem Haus gab es innen keine Wände. Ein einziger großer Raum, freigelegte Dachspanten, in der Ecke, dort, wo früher einmal der Herd oder der Kamin gestanden haben mochte, war ein russischer Ofen gebaut worden. Auf der hohen Ofenbank lagen Decken.
Auf den übrigen hundertfünfzig Quadratmetern herrschte die Art Unordnung, die entsteht, wenn jemand nur seiner Arbeit lebt; Unordnung nur für die anderen. Sie war sicher, daß der Mann, der an der Wand gegenüber der Tür stand und ihr den Rücken zuwandte, jedes Stück, das er brauchte, sofort finden würde.
Du kommst spät, sagte er. Als Bella nicht antwortete, wandte er sich um und sah sie an.
Hau'n Sie ab, sagte er. Seine Stimme klang nicht gleichgültig, sondern verächtlich. Ich verkaufe nicht an Museen. Er stand mit dem Rücken zum Fenster. Sie konnte sein Gesicht nicht erkennen, aber die Stimme und seine Gestalt gefielen ihr. Er erinnerte sie ein klein wenig an Eddie, aber sie war sicher, der Eindruck würde bald schwinden. Der da war Persönlichkeit genug, um für sich allein zu stehen. Zwischen den Scheiben des Doppelfensters in seinem Rücken standen Flaschen; Wodka, Schnaps und Wein, soweit sie erkennen konnte.
Ich kaufe keine Bilder, sagte sie. Ich will mit Ihnen reden. Sie hätten wohl nicht zufällig einen Wodka für eine Frau mit kalten Füßen?
Soll das ein Witz sein, fragte er, wandte sich aber um und öffnete den inneren Fensterflügel, um eine Flasche Wodka aus dem Kühlfach zu holen. Bella tat ein paar Schritte und sah sich nach einer Sitzgelegenheit um. Sie sah nichts

außer einer niedrigen Holzbank um den Ofen herum und ging darauf zu.
Raus aus meinem Schlafzimmer, brüllte hinter ihr der Maler. Sie blieb stehen und wandte sich um. Sie sahen sich an. Bella konnte jetzt sein Gesicht sehen. Er war mindestens fünfzehn Jahre jünger als sie, sah aber nicht jünger aus. Er sah aus wie jemand, der lebt, während die anderen schlafen, und der zuviel trinkt. Eigentlich sah er genau so aus wie der, auf den Bella gerade Lust hatte.
Sie dachte an die Fahrt, die sie hinter sich hatte, den tiefen grauen Himmel und die weißen Felder. Weiden im Schnee hatte sie gesehen, Erlkönigs Töchter bei Tage. In einem verschneiten Schrebergarten hatte, einziger Farbfleck, an einem halbhohen Mast eine DDR-Fahne wie hilfesuchend geflattert. Einmal war eine Schar Gänse über sie hinweggeflogen. Sie hatte das Fenster des Wagens aufgemacht und, langsamer fahrend, auf die feinen Schreie aus der Luft gehört. Am Weg, den sie bis zum Haus zu Fuß gegangen war, standen zu beiden Seiten verschneite Schlehenbüsche. Unter dem letzten hatte eine erfrorene Drossel gelegen, schwarz wie die dicken Schlehen, die hier und da an den verschneiten Zweigen zu erkennen waren.
Ich hab nichts gegen Schlafzimmer, sagte sie langsam. Sie war nicht ganz sicher, wie er reagieren würde. Sie kannte ihn seit zwei Minuten, und was sie über ihn gehört hatte, war nicht gerade viel.
»Verlumpt«, hatte die Alte im Hotel gesagt. Die Wirtin in ihrer Pension kannte den Maler nur vom Hörensagen und wußte, er sei »überall rausgeflogen«. Aber was hatte sie zu verlieren, »Überall rausgeflogen« war doch eigentlich eine Empfehlung.
Kann schiefgehen, wenn sich die Schneekönigin auf einen Ofen setzt, hörte sie den Maler langsam sagen. Er grinste und setzte sich in Richtung Ofenbank in Bewegung. Bella ging vor ihm her. Sie spürte seine Blicke auf ihrem Hintern.

Der warme Ofen im Rücken war angenehm. Der Maler stellte die beschlagene Flasche auf die Bank und suchte aus einem Stapel Wassergläser zwei einigermaßen saubere heraus.
Sie tranken sich zu. Er sah sie neugierig an.
Erst die Arbeit? sagte er.
Erst die Arbeit, antwortete Bella. Ich möcht gern etwas über Ihren Vater wissen. Was ist er für ein Mensch? Sie sah, daß er kurz überlegte, ob er sie noch einmal rauswerfen sollte, diesmal endgültig. Dann grinste er hinterhältig. Der hat eine Rechnung zu begleichen, dachte Bella. Vorsicht!
Mensch – ich weiß nicht, ob das das richtige Wort ist. Schwein wäre besser, opportunistisches Schwein, würde ich sagen. Er ist zur Zeit in der CDU. Das bekommt seinen Plänen am besten. Davor war er in der SED. Und wissen Sie, wohin er gehen wird, wenn die Zeit der CDU vorbei ist? Und die ist bald vorbei, das garantiere ich. Moment, ich zeig's Ihnen.
Er stand auf, ging durch den Raum und begann an der gegenüberliegenden Wand in einer Kiste zu kramen. Es sah aus, als suche er zwischen Büchern herum. Schließlich fand er, was er gesucht hatte. Er hielt Bella ein schmales dunkelrotes Buch mit der Aufschrift »Auerbachs Deutscher Kinderkalender 1942« entgegen.
Ich werde Ihnen etwas vorlesen, sagte er, damit Sie begreifen, welche Sorte Schwein ich meine. Er blätterte nicht, sondern öffnete das Buch an einer Stelle, die durch eine umgeknickte Seite gekennzeichnet war.

Verehrte Dame!
Ein Wort im Vertrauen! Sie sind mit dem Aussehen Ihres Gesichts nicht zufrieden. Sie sind zwar schön, aber doch wohl nicht schön genug. Sie merken das zu Ihrem Kummer bei mancherlei Gelegenheit, z. B. kommt es vor, daß ein Pferd, an dem Sie vorübergehen, ruckartig den Kopf

nach der anderen Seite wendet, um Sie nicht ansehen zu müssen.
Ja, als Sie kürzlich im Zoo waren, reichte Ihnen der häßlichste Affe seine Hand durchs Gitter und sagte: »Sei gegrüßt, liebe Verwandte, wir werden uns von Tag zu Tag ähnlicher!«
Derlei kränkt.
Wir wissen es, und empfinden aufrichtiges Mitleid an Ihrem Kummer, den Ihnen Ihre große, aber doch nicht ausreichende Schönheit bereitet. Aber verzagen Sie nicht! Wir reichen Ihnen die Hand. Und was haben wir in der Hand?
Camillo Schlechtwetters Schönheitswundercreme:
»Ich bin die Schönste«, abgekürzt »IBIDISCHOE«.
Die Wirkung ist verblüffend. Wenn Sie eine Woche lang Ihr allerliebstes ledergelbes Gesichtchen damit einreiben, explodiert am siebten Morgen Ihre Haut und fliegt mit klatschendem Geräusch gegen die Wand. Darunter wird eine zarte, pfirsichfarbene, völlig neue Haut sichtbar. So wirkt »Ibidischö«. Aber »Ibidischö« tut noch viel mehr. Ihre hübschen, abstehenden Ohren, die so groß sind, daß ganze Geschwader faustgroßer Maikäfer sie als Anflugplatz benutzen können, legen sich von selbst an den Kopf und werden winzig klein. Ihre reizenden, wulstigen und schaufelförmigen Lippen –

Hören Sie auf, sagte Bella, das reicht. Sie werden mir nicht erzählen wollen, daß diese primitive antisemitische Hetze heute noch irgendeine Rolle im Leben Ihres Vaters spielt. Damals war er ein Kind. Wenn er solche Sachen gelesen hat –
Es ist mir scheißegal, was er damals gelesen hat, sagte der Maler. Er legte den Kinderkalender neben sich auf die Bank und schüttete Wodka in sein Glas. Das letzte Mal, als ich ihn so ähnlich reden gehört habe, muß er so um die vierzig gewesen sein. Allerdings besoffen. Prost.

Schade, dachte Bella. Sie schüttelte den Kopf, als der Maler die Flasche hochhielt. Männer mit Vaterkomplex waren ihr zuwider. Klein-Bubi braucht ein Vorbild. Und wenn's damit nicht klappt, wird er ungemütlich. Oder zynisch. Oder säuft. Sie stand auf und setzte ihr Glas auf die Bank. Ich würd mir gern Ihre Bilder ansehen, darf ich?
Er sagte nichts, hob die Schultern und wies mit der Hand, die das Glas hielt, in den Raum. Die ersten Bilder gefielen ihr nicht. Sie ging von einem zum anderen und begriff erst allmählich, was sie sah: von Menschen leere Landschaften, hinter deren äußerer Schönheit Entsetzen hervorkroch, manchmal als häßliche Fabelgestalt, dann wieder als blutiger Klumpen Fleisch oder verfaulendes Tier. Es waren die Landschaften, die sie bewundert hatte, als sie im Zug hierhergefahren war, nur zeigten sie eine untergehende Welt. Die tote Drossel im Schnee fiel ihr ein und die Idylle, die sie damit verbunden hatte, als sie sie dort liegen sah. Sie machte einen mühsamen Versuch, sich zu verteidigen.
Aber es ist noch nicht entschieden, oder? sagte sie und wußte im gleichen Augenblick, daß sie unrecht hatte, in seinen Augen jedenfalls und wahrscheinlich auch, wenn sie genau darüber nachdachte.
Komm her, sagte er statt einer Antwort. Sie sah sich um. Seine Kleider lagen auf dem Boden. Er war auf die obere Ofenbank gestiegen, hatte eine Wolldecke um sich gezogen und sah sie abwartend an. Sie ging zurück an den Ofen, nahm ihr Glas von der Bank und hielt es ihm entgegen. Während er das Glas füllte, sagte er:

Mein Herz schlägt nach dem Unerreichten,
Und jung mein rasches Blut erblüht,
Wenn hinter Wolken, fedrig leichten,
Vor mir die erste Liebe glüht.

Sie kannte die Antwort, aber es schien ihr aufregender, ebenfalls auf den Ofen zu steigen, als Verse ihres Großva-

ters zu zitieren. Vielleicht ergab sich später dazu eine Gelegenheit.
Später war es dunkel. Sie beschlossen, spazierenzugehen, nahmen Bellas Wagen und fuhren ans Meer. Sie gingen eine Weile über den vereisten Strand, hielten ihre Gesichter in einen kleinen scharfen Ostwind und sahen einen großen Mond auf dem flachen, weiten, dunklen Wasser. Als sie Hunger bekamen, fanden sie ein Gasthaus. Sie aßen Fisch, rochen die Tannen der vorweihnachtlichen Dekoration auf dem Tisch, und Bella betrachtete die Fischer, die in einer Ecke am Stammtisch saßen, ihre Bärte ins Bier hielten und leise miteinander sprachen. Sie saßen da wie vor hundert Jahren, als sei die Zeit an ihnen vorübergegangen.
Nach dem Essen machten sie einen Spaziergang auf die Mole. Steinplatten waren vom Schnee freigelegt worden. An manchen Stellen hatte sich eine dünne Eisschicht gebildet. Sie hielten sich aneinander fest, um nicht ins Wasser zu rutschen. Am Ende der Mole stand ein Leuchtturm. Um den Molenkopf herum war ein eisernes Geländer angebracht worden. Wenn man sich mit dem Rücken dagegenlehnte und den Kopf hob, konnte man das grüne, dem Meer zugewandte Feuer des Leuchtturms sehen. Geradeaus vor ihnen, weit entfernt, so daß es ihnen vorkam, als seien sie allein, sahen sie die Lichter von Dorflaternen. Da irgendwo mußte das Lokal dieses Giese liegen.
Lehn dich nicht so fest gegen das Geländer, sagte Gieses Sohn neben ihr, es ist nicht sicher.
Laß nur, es hält, sagte Bella.
Würd ich mich nicht drauf verlassen, antwortete er, hier hat einiges nicht gehalten, von dem man glaubte, es wäre ewig.
Das Wasser schlug leise an die Mole. Ein Schwarm Gänse zog über sie hinweg, träge, wie schlaftrunken Schreie ausstoßend. Sehr schnell waren sie plötzlich von Nebelschwaden eingehüllt. Als sie zurückgingen, war der Mond

verschwunden. Die Mole lag im Nebel. Sie gingen langsam und vorsichtig, um nicht abzustürzen. Plötzlich verschwand der Nebel, und der Himmel war hoch und sternenklar.
Bella brachte den Maler mit dem Auto bis an den Feldweg, der zu seinem Haus führte. Sie sah ihm nach, als er den Weg einschlug. Aus den Fenstern des Hauses fiel Licht. Sie war sicher, daß er das Licht ausgemacht hatte, bevor sie gegangen waren.

Am Morgen lag sie im Bett, sah gegen die Eisblumen an den Fensterscheiben und spürte nicht die geringste Lust, aufzustehen. Kein Laut drang von draußen herein. Auch im Haus war es still. Ihr kam der Gedanke, daß die Bewohner des Dorfes, waren es hundert?, um sie herum von der gleichen Stille umgeben waren. Vielleicht lagen sie in ihren Betten und versuchten, einen Laut zu hören, der ihnen bewies, daß sie noch zur Welt gehörten. Vielleicht saßen sie in ihren Küchen, brockten Brot in die Milch – mein Gott, Bella, du lebst nicht in den zwanziger Jahren und die Leute hier auch nicht. Sie rief sich zur Ordnung. Dennoch, wenn sie darüber nachdachte, hatte sie das Gefühl, nicht jetzt zu leben, sondern in der Vergangenheit angekommen zu sein. Die Gesichter der Bauern fielen ihr ein. Sahen Bauern heute so aus? Seit der Geschichte, die sie veranlaßt hatte, ihren Beruf als Polizistin aufzugeben, war sie nicht wieder in einem Dorf gewesen. Sie hatte eine Abneigung entwickelt gegen alles, was mit der Natur zusammenhing, die so weit ging, daß sie begann, sich kritisch mit Gedichten auseinanderzusetzen, die sie vorher geliebt hatte. Plötzlich hatte sie es richtig gefunden, wenn man Naturlyrik als »Grashalme besäuseln« bezeichnete. Sie untersuchte die Gedichte ihres Großvaters und war froh darüber, daß sie darin nichts fand, das ihn auch nur in die Nähe von Grashalm-Besäuselern hätte bringen können. Alexander Block – der Maler hatte ihn gekannt. Sie lächelte, ohne es zu spüren. In den Schulen hier ist eine Zeitlang anderes gelehrt worden, dachte sie. Ob so ein paar Gedichtfetzen der Rest sind, das Übriggebliebene?

Was hatte die alte Frau im Hotel gesagt – die Menschen leben nicht nach der äußeren Zeit, sie leben nach der anderen. Nach welcher Zeit der Maler wohl lebte? Jedenfalls in seinen Bildern lebte er heute. Vielleicht, dachte sie, sind einzig Künstler fähig, den Widerspruch zwischen der äußeren und der anderen Zeit sichtbar zu machen. Wahrscheinlich war es so, wie John Berger geschrieben hatte: Die Malerei ist die Kunst, die uns daran erinnert, daß die Zeit und das Sichtbare miteinander, als Paar, ins Dasein treten. Ihre eigene Arbeit zu Hause fiel ihr ein. Seit einiger Zeit arbeitete sie an einer schlüssigen Interpretation des Pergamonaltars, der ihr die Abbildung eines furchtbaren Geschlechterkampfes zu sein schien. Dieser Altar, was war er anderes als die geniale Darstellung einer kollektiven Erinnerung.

Der Gedanke an die Abhandlung, mit der sie sich zu Hause beschäftigte, ließ sie plötzlich ihre Anwesenheit in dem häßlichen, fremden Zimmer als vollkommen sinnlos empfinden. Was tat sie eigentlich hier? Was ging sie die verschwundene Frau an und was deren Mutter. Die lebte ganz sicher in anderen Zeiten.

Plötzlich empfand sie Ekel, wenn sie daran dachte, daß ihre nackten Füße den haarigen Teppich berühren würden, der vor dem Bett lag.

Die Stille vor dem Fenster wurde durch das Getucker eines heranfahrenden Treckers unterbrochen. Unten im Haus fiel eine Emailleschüssel auf den Steinfußboden. Es gab ein häßliches Geräusch. Bella kroch aus dem Bett und lief nackt über den eiskalten Flur zur Dusche. Auch hier waren die Fenster zugefroren. Während sie das warme Wasser genoß, betrachtete sie die Eisblumen, deren oberen Rand der Wasserdampf langsam auflöste. Ob es wohl einen Menschen gibt, der sich beim Anblick von Eisblumen nicht in die Kindheit zurückversetzt fühlt?

Während Bella duschte, waren die Bauern, die mit dem Trecker gekommen waren, in die Gaststube gegangen. Die Wirtin trug Bellas Frühstück vom Stammtisch an einen Tisch

unter dem Fenster. Als Bella erschien, war sie damit beschäftigt, heißes Wasser in Gläser zu gießen, die halb mit Rum gefüllt waren. Ein Geruch nach Rum und Schnee schlug ihr entgegen. Sie grüßte und setzte sich zu ihrem Frühstück.
Die Männer musterten sie kurz, einer nickte einen stummen Gruß. Es waren drei, gleich darauf kam ein vierter zur Tür herein. Ein Schwall Schneeluft begleitete ihn. Die Bauern sahen aus, als wären sie lange in der Kälte gewesen. Sie tranken den heißen Grog, ohne etwas zu sagen, wärmten sich die Hände an den Gläsern und schwiegen, bis die Gläser leer waren.
Wenn der wirklich zurückkommt, sagte einer, wenn sie dem wirklich unser Land geben –
Sein Land, meinst du wohl.
Ich sage, wenn sie dem wirklich unser Land geben, dann garantier ich für nichts mehr.
Bella sah zu dem Mann hinüber, der gesprochen hatte. Vielleicht war er fünfzig, vielleicht sechzig Jahre alt, klein und dünn, mit großen kräftigen Händen, in denen das Glas verschwand. Er hatte, wie alle anderen, die Mütze aufbehalten, eine olivfarbene, gefütterte Stoffmütze, deren Ohren- und Nackenklappen eigentlich auf dem Kopf zusammengebunden wurden, jetzt aber, als Schutz vor der Kälte, heruntergeklappt waren. Zusammengedrehte Bänder hingen ihm rechts und links vor der Brust. Niemand sagte etwas.
Noch einen? fragte die Wirtin vom Tresen her und kam, ohne die Antwort abzuwarten, an den Tisch, um die leeren Gläser zu holen. Einer nach dem anderen reichte es ihr schweigend. Die einfachen Stielgläser wirkten in den Händen der Bauern zart und zerbrechlich. Der gesprochen hatte, nahm mit einer ihm offenbar unbewußten Bewegung die Mütze vom Kopf. Die anderen folgten ihm. Ihre Hände waren rot vom Frost.
Was habt ihr denn eigentlich gemacht, fragte die Wirtin. Sie hielt einen Augenblick inne, im vierten Glas fehlte noch der Rum.

Gemacht, gemacht. Wir haben ihnen unseren Mist vor die Tür gekippt und dabeigestanden, als sie versucht haben, in ihre Büros zu kommen, ohne sich die Füße dreckig zu machen.
Die Erinnerung an ihre Aktion brachte niemanden zum Lachen. Irgendwann auf dem Heimweg, vielleicht schon, als sie dastanden und zusahen, wie die Leute versuchten, dem Mist aus dem Weg zu gehen, mußte ihnen klargeworden sein, daß ihr Unternehmen sinnlos gewesen war.
Weshalb schüttet ihr den Mist nicht dem Baron vor die Tür, sagte die Wirtin. In ihrem Rücken begann der Teekessel leise zu pfeifen. Sie nahm ihn vom Kocher, füllte das letzte Glas halb voll mit Rum und verteilte das kochende Wasser. Wieder zog der Duft nach Rum durch die Gaststube. Sie stellte die Gläser auf ein Tablett und kam damit an den Tisch.
Zucker habt ihr ja noch, sagte sie. Wenn man den unter Beschuß nimmt, wird's ihm hier vielleicht ungemütlich, und er will gar nicht mehr zurück.
Der kommt doch hier sowieso nicht her. Oder denkst du, der läßt sich hier nieder, hier in der Einöde? Von denen bleibt hier sowieso keiner. Die holen sich das Land und schicken ihre Verwalter.
Ich mein ja nur, sagte die Wirtin. Sie warf einen prüfenden Blick auf Bellas Tisch.
Noch Kaffee? fragte sie.
Bella schüttelte den Kopf. Lieber auch einen Grog, sagte sie. Haben Sie ein bißchen Zitronensaft dazu?
Die Wirtin nickte und verschwand in der Küche.
Da kannst du nichts machen, sagte einer der Männer am Stammtisch laut. Nehmen sich die besten Stellen, sitzen in allen Ämtern, holen sich unser Land, und ihre Weiber trinken morgens Rum mit Zitronensaft. Gefällt's Ihnen hier? fragte er zu Bella hinüber.
Laß sie in Ruhe. Die kann doch nichts dafür. Der Kleine versuchte, seinen Kollegen zu beruhigen.

Woher willst du das wissen, sagte der. Er blickte Bella herausfordernd an. Die Wirtin kam aus der Küche zurück, eine Untertasse mit Zitronenscheiben in der Hand. Bella, die lieber den Saft im Glas gehabt hätte anstatt der Zitronenschale, begann sich zu ärgern. Die Wirtin warf zwei Zitronenscheiben ins Glas und stocherte mit einem gläsernen Stößel darauf herum, bevor sie Rum und Wasser dazugoß. Als sie an den Tisch kam, nahm Bella ihr das Glas aus der Hand und trank den Bauern zu.
Auf die Wende, sagte sie, oder ist hier einer, der sie nicht gewollt hat?
Der Bauer, der sich über ihre Anwesenheit laut geärgert hatte, stand auf und kam auf ihren Tisch zu. Die Wirtin stellte sich ihm in den Weg. Vom Stammtisch herüber kam ein müdes Lachen.
Da hat sie's dir aber gegeben, Karl, sagte der Dünne. Laß sie in Ruhe. Wir kriegen schon Ärger genug. Kommen Sie rüber und trinken Sie ein Glas mit uns. Wir haben was übrig für trinkfeste Frauen.
Die Wirtin hatte keine Mühe, Karl zurückzuhalten. Seine Wut war vorüber, es schien so, als hätte er plötzlich keine Kraft mehr für eine größere emotionale Anstrengung. Er wandte sich ab, ging an den Tisch zurück und trank, noch bevor er sich setzte, den Rest Grog aus seinem Glas. Die Stimmung im Raum war verändert. Der Grog begann seine Wirkung zu tun.
Danke, ich hab was vor, sagte Bella. Vielleicht ein andermal. Ich bleib ja noch ein paar Tage.
Sie hat im voraus bezahlt, sagte die Wirtin, nicht so wie die Banditen vom letzten Sonntag.
Bella stand auf, ohne ihr Glas auszutrinken, winkte zum Stammtisch hinüber und verließ den Raum. Beim Hinausgehen hörte sie, wie die Wirtin damit begann, die Geschichte der Zechprellerei zu erzählen.

Der Wirt war froh, daß er als erster hinuntergegangen war. Er hatte am Abend zuvor vergessen, den Schlitten in den Keller zurückzubringen. Er sah ihn, als er die Haustür öffnete, um einen Blick in den verschneiten Garten zu werfen. Merkwürdigerweise suchte er Fußspuren. Der Schnee lag unberührt da. Er war erleichtert und wunderte sich darüber. Nach wessen Spuren hatte er gesucht? Er nahm den Schlitten auf und trug ihn in den Keller, bevor er damit begann, das Frühstück zu machen. Es war ihm klar, daß der Anblick des Schlittens seine Frau beunruhigt haben würde. Später, sie hatte lange gebraucht, um sich zu waschen und anzuziehen, saßen sie in der Veranda der Gaststube, umgeben von Schnee vor den gläsernen Wänden, mit dem Blick auf ein Vogelhaus. Die Frau begnügte sich eine Weile damit, den Vögeln zuzusehen, die sich um das Futter stritten. Auch der Wirt sagte nichts. Eigentlich hatte er vorgehabt, gleich nach dem Frühstück zurück in den Bierkeller zu gehen, um die Tonne an einem unverdächtigen Platz aufzustellen. Aber er wußte nicht, ob er die Frau schon allein lassen konnte.
In der Nacht war ihm, ganz kurz nur, und er hatte den Gedanken sofort wieder fallengelassen, die Möglichkeit bewußt geworden, daß sie nicht durchhalten könnte. Jetzt, während er ihr gegenübersaß und sie heimlich beobachtete, schienen ihm solche Überlegungen absurd. Im Dunkeln, dachte er, das weiß man doch, im Dunkeln nehmen die Dinge bedrohliche Ausmaße an. Das ist auch bei ihr so. Wie sie da sitzt und zum Fenster hinaussieht, alles ganz normal.

Wir könnten weiter vorn am Zaun ein zweites Vogelhaus aufstellen, sagte er. Er wußte, daß sie Freude daran haben würde. Es ist noch eins unten. Er hatte »im Keller« sagen wollen, aber das Wort war nicht über seine Lippen gekommen.
Aber erst mal will ich den Weg freischaufeln, damit man sieht, daß hier Betrieb ist. Ist ja sonst, als wären wir eingeschneit. Und dann wird's wohl Zeit, die Weihnachtsdekoration anzubringen.
Die Frau wandte ihm ihr Gesicht zu. Der Schlitten, sagte sie, hast du den Schlitten weggestellt? Er ist nicht mehr da. Als er nickte, sagte sie: Dann hättest du doch die Weihnachtssachen gleich mit hochbringen können. Sie sprach ruhig, beinahe gleichgültig, und er dachte: Gott sei Dank, sie ist in Ordnung.
Ich hol den Schneeschieber und bring schon mal den ersten Karton mit. Soll Karin dir helfen?
Das mach ich allein, sagte sie. Wenn du draußen fertig bist, kannst du ja mit anfassen.
Sie beendeten ihr Frühstück schweigend. Er ging in den Keller, brachte drei flache, große Kartons in das Restaurant, die er auf einen Tisch in der Veranda stellte, und ging mit dem Schneeschieber hinaus.
Beim Abwaschen in der Küche hörte sie das scharrende, gleichmäßige Schaben des Schneeschiebers auf dem Beton des Plattenweges. Als das Geräusch aufhörte, ging sie ans Fenster und sah hinaus. Vorn am Gartentor stand ihr Mann. Er war durch den Schnee bis an den Zaun gegangen. Sie sah seine Fußspuren in dem Schnee, den er noch nicht zur Seite gefegt hatte, und hatte das Bild der Abdrücke vor Augen, das auf dem Weg zurückbleiben würde, nachdem der Schnee zur Seite geschoben sein würde. Ihr Mann stand am Zaun und sprach mit einer Frau. Er stützte sich auf den Schneeschieber. Die Frau lachte und hob die Hand, wie zum Gruß oder zum Dank für eine Auskunft. Es war ein friedliches Bild, das in der Wirtin

hinter dem Fenster sehr großes Entsetzen auslöste. Einen Augenblick lang dachte sie, die andere sei zurückgekommen. Sie hielt sich am Fensterbrett fest und starrte hinaus. Ziemlich schnell wurde ihr bewußt, daß die Frau da draußen jemand anders sein mußte. Sie sah anders aus, und außerdem war es nicht möglich, daß die andere zurückkam. Die da draußen stapfte zur Dorfstraße zurück, wandte sich noch einmal um und winkte. Da setzte ihr Mann draußen seine Arbeit fort.

Sie trat zurück, um das Geschirr wegzuräumen, und hörte, während sie die Tassen und Teller in den Küchenschrank setzte, wieder das Scharren des Schneeschiebers, gleichmäßig und ruhig, so daß auch sie ruhiger wurde. Später hörte sie ihn den Schneeschieber ein paarmal hart auf den Boden aufstoßen und dann das Klappen der Haustür. Sie war in der Veranda damit beschäftigt, Tischleuchter, glitzernde Tannenzweige und winzige Weihnachtssterne aus den Kartons zu nehmen und auf dem Tisch auszubreiten, als er zur Tür hereinkam.

Na, sagte er, Hilfe gefällig? Herrlich draußen, es wird wohl noch mehr Schnee geben.

Kerzen brauchen wir neu, sagte sie sachlich, am besten rote. Die könntest du holen, dann haben wir heute nachmittag schon das Wichtigste aufgestellt.

Er sah es ihr an. Die Beschäftigung mit dem Tinnef auf dem Tisch tat ihr gut. Er war froh, daß ihm die Weihnachtskartons eingefallen waren. Wenn sie ihn jetzt zum Kerzenholen schickte, konnte er einen Abstecher zum Bierkeller machen, ohne daß er sie beunruhigte.

Mach ich sofort, sagte er, brauchen wir sonst noch was? Sie schüttelte den Kopf, ohne sich zu ihm umzuwenden. Er verließ das Restaurant. Gleich darauf hörte sie ihn aus der Garage fahren. Sie lauschte auf das Geräusch des sich entfernenden Wagens. Erst als es ganz still war, setzte sie sich. Sie sah auf den staubigen Deckel des Kartons, der zuoberst auf dem Regal gestanden hatte, und auf den aus-

gebreiteten Glitzerkram. Früher, zu Hause, war Weihnachtsdekoration verpönt gewesen. In ihrer Familie war Klassenbewußtsein nicht etwas, das man lernte, sondern etwas, das da war. Ihr Großvater hatte August Bebel gekannt, und ihre Mutter war als junges Mädchen Klara Zetkin begegnet und sehr beeindruckt gewesen. Ihr Vater war nach der Machtübergabe an die Nazis im Land geblieben, untergetaucht und hatte illegal politisch gearbeitet, bis die Nazis ihn eingefangen hatten. Manchmal bekamen sie Nachricht von ihm aus irgendeinem Konzentrationslager. Sie blieb mit ihrer Mutter allein. Es war ihnen nicht schwergefallen, die Politik der Nazis zu durchschauen, besonders als der Krieg gegen die Sowjetunion begann. Von den Jugendorganisationen hatte sie sich ferngehalten, so gut sie konnte. Wegen ihrer Lebensweise war sie im Dorf isoliert, aber sie sah, daß ihre und ihrer Mutter Lebensweise richtiger war als die der meisten anderen. Trotzdem hätte sie gern einen Tannenbaum gehabt wie andere Kinder. Aber es hieß, ihr Vater sei dagegen. Und wir wollen nicht, weil sie ihn eingesperrt haben, seine Wünsche mißachten! Nein, das hatte sie nicht gewollt. Aber sie hatte sich trotzdem benachteiligt gefühlt. Es war sehr anstrengend gewesen, ihre Mutter nichts davon merken zu lassen.
Dann, als die Rote Armee gekommen war, kam auch ihr Vater zurück. Sie erinnerte sich genau daran. Sie hatten schon damals hier gewohnt, in dieser Siedlung, nur ein paar Häuser weiter. Damals bestand die Siedlung aus neun Häusern und drei angefangenen, die im Krieg nicht mehr weitergebaut worden waren, weil es an Arbeitern fehlte. Rund um die Häuser waren nur Wiesen und Felder gewesen, und eines Nachts, sie war von dem Lärm wach geworden und hatte aus dem Fenster gesehen, waren sie da. Pferde, Zelte, Lagerfeuer, auch Musik, ein großes, geheimnisvolles Durcheinander. Sie war am Fenster stehen geblieben und hatte den Soldaten zugesehen, die die Pferde versorgten.

Dann hatte es plötzlich unten an die Tür geklopft. Sie hörte ihre Mutter die Treppe hinunterlaufen und laut schreien. Dann war's still, und plötzlich, sie wußte nicht weshalb, weil sie gar nicht an ihn gedacht hatte, hatte sie verstanden, daß eben ihr Vater zurückgekommen war. Sie hörte ihn mit Mutter die Treppe heraufkommen und die Tür öffnen und die Frau neben ihm sagen: Sie ist ein großes Mädchen geworden. Sein Gesicht war beleuchtet vom unruhigen Schein der Lagerfeuer. Er war dünn, und mit seiner Nase war etwas passiert. Aber sie hatte ihn trotzdem erkannt.
Sie sah auf die Leuchter und Weihnachtssterne und erinnerte sich daran, wie glücklich sie gewesen war, als er sie in seine Arme schloß. Nie wieder hatte sie sich so glücklich gefühlt. Es kam ihr so vor, als habe sie in all den Jahren, bis gestern, nichts anderes getan, als versucht, dieses Glücksgefühl wiederzufinden. Das war nun vorbei. Sie stand auf und begann, die Leuchter auf den Tischen zu verteilen.

Der Mann am Zaun war der Besitzer des kleinen Restaurants gewesen, dieser Giese, der die Böhmer vielleicht zuletzt gesprochen hatte, da war sie sich sicher. Aber sie verzichtete darauf, ihn durch Fragen zu beunruhigen. Er hatte ihr erklärt, daß sie erst gegen Abend, ab siebzehn Uhr, öffneten. Bella versprach, wiederzukommen und das Wildgulasch zu probieren, das auf der Speisekarte in dem kleinen Kasten am Zaun angepriesen wurde. Sie ging durch den Schnee zur Landstraße zurück. Unsympathisch war er nicht, der Giese. Er war ein paar Jahre älter als sie, schlank, eher zäh. Den schweren Schneeschieber hatte er so leicht hin und her bewegt wie ein Junge. Sie fand ihn ein bißchen zu eifrig, als er mit ihr sprach, diensteifrig war das richtige Wort, nicht gerade beflissen, aber doch diensteifrig. Das war auch eine Haltung, die die Menschen hier Leuten aus dem Westen gegenüber einnahmen. Oder war's nur das typische Verhalten eines Wirts, der seine Speisen anpries? Und die Frau hinter dem Fenster? Wahrscheinlich war es selten, daß jemand sich am Vormittag an ihren Zaun verirrte. Wer weiß, ob der Laden überhaupt zu halten war. Leere Gaststätten mit zugenagelten Türen, deren Fenster den Blick in ein mit Gerümpel vollgestelltes Inneres freigaben, hatte sie schon mehrere gesehen.
Sie beschloß, den Wagen an der Straße stehen zu lassen, zu Fuß ins Dorf zu gehen und eine Post zu suchen. Es würde richtig sein, Willy anzurufen, um ihre Adresse durchzugeben und Grüße an Olga ausrichten zu lassen. Das Dorf war nur ein paar hundert Meter entfernt. Ein

Spaziergang durch die verschneite Landschaft war verlockend.

Am Eingang zum Dorf stand eine sehr alte rote Ziegelmauer, vielleicht die Überreste eines Gebäudes, eines Stalles vielleicht, dessen runde Fensterbögen irgendwann zugemauert worden waren. In einer Nische unter einem der Fenster sah sie zwei kleine Kinder, zwei Mädchen, warm angezogen mit dicken blauen Pullovern und roten Pudelmützen. Die beiden stritten sich. Bella blieb stehen und überlegte, ob sie eingreifen sollte, als die größere der beiden die andere in den Schnee stieß. Die Kleine stützte sich nicht ab, sondern hielt statt dessen beide Hände vor ihrem Bauch aneinandergepreßt. Sie fiel rücklings in den Schnee.

Na, ihr beiden. Gibt's Streit? sagte Bella in dem leicht kindischen Tonfall, den Erwachsene Kindern gegenüber anzunehmen pflegen, und ärgerte sich im gleichen Augenblick über sich selbst. Die beiden sahen sie an, die eine vom Boden her, die andere stehend. Sie hatten den gleichen Blick, überrascht und skeptisch. Bella fand, daß sie sich sehr ähnlich sahen. Die Kleine legte etwas Dunkles neben sich, eine tote Fledermaus, dachte Bella überrascht, und rappelte sich auf.

Wir spielen Beerdigung, sagte die Größere. Sie will sie unter dem Schnee vergraben, aber wenn es taut?

Dann gehen wir eben noch mal her, sagte die Kleine. Zweimal Beerdigung ist sowieso viel schöner. Sie hatte sich endgültig aufgerichtet und nahm das tote Tier vorsichtig aus dem Schnee in ihre Hände.

Meinetwegen, sagte die Große. Wir merken uns die Stelle.

Bella ging weiter. In ihrem Rücken hörte sie die kleinen Mädchen kichern und die nachäffende Stimme der Größeren: Na, ihr beiden, gibt's Streit?

Willy wollte wissen, wie lange sie noch wegbliebe. Olga sei beleidigt, weil Bella sich nicht abgemeldet habe. Und in Hamburg regne es seit zwei Tagen ununterbrochen. Sie habe in der Abseite unter dem Dach einen Eimer aufstellen müssen.

Ich komme zurück, wenn es aufhört zu regnen, sagte Bella. Ich geb Ihnen meine Adresse. Aber geben Sie sie Olga nur im Notfall. Sie ist imstande, jeden Tag anzurufen, nur um mich zu fragen, ob ich schon die neueste politische Schweinerei in der Zeitung gelesen hätte. Bestellen Sie ihr Grüße und sagen Sie, mir ginge es wunderbar.

Stimmt eigentlich, dachte sie, während sie über die Landstraße zurück zu ihrem Wagen ging. Sie beschloß, die Zeit vor dem Essen zu nutzen und die Kripo in der Kreisstadt aufzusuchen. Es gab dafür keinen besonderen Grund. Nur konnte es ja sein, daß sie die Polizei irgendwann wirklich brauchen würde. Sie wußte gern vorher, mit wem sie es zu tun hatte.

Die Dienststelle war in einem älteren, gelbverklinkerten Gebäude untergebracht. Korridor und Treppe waren mit Linoleum belegt. Es roch nach Bohnerwachs und Staub und war sehr still – fast so, als gäbe es hier nichts zu tun –, obwohl die Zeitungen davon schrieben, daß die Kriminalität gerade in dieser Gegend überproportional zugenommen habe. Sie klopfte und öffnete die Tür, als niemand auf ihr Klopfen antwortete. Sie stand nicht in einem Dienstraum, sondern vor einer zweiten Tür, die nur angelehnt war. Ein sehr aufgebrachter Mann sprach laut. Sie blieb stehen und hörte zu.

Zustände, hörte sie, und wir sollen das jetzt ausbügeln. Drei von diesen Banditen überfallen auf offener Straße zwei Männer, nehmen ihnen die Brieftasche ab, schlagen den einen zusammen, und was tut die Polizei? Kommt zufällig vorbei, sieht sich die Sache an, sagt »das gehört sich aber nicht« und fährt weiter. Das ist doch nicht zu fassen.

»Das gehört sich aber nicht« haben wir nicht gesagt, hörte sie eine zweite Männerstimme.

Kannst du dir vorstellen, daß mir das scheißegal ist, was ihr gesagt habt? Habt ihr sie festgenommen? Hä? Habt ihr wenigstens ihre Personalien aufgenommen?

Das war nicht so einfach, begann der zweite Mann, sie haben –

Ach so, das war nicht so einfach. Ja, das verstehe ich natürlich. Wenn es nicht so einfach war. Verdammt noch mal, wofür werdet ihr eigentlich bezahlt?

Der andere antwortete nicht. In die Stille hinein klopfte Bella an die angelehnte Tür und trat gleich darauf ins Zimmer. Zwei Männer sahen ihr entgegen, einer in Zivil hielt eine Zeitung in den Händen, der andere trug die Uniform des Streifenpolizisten.

Entschuldigung, sagte sie, ich hätte nur gern eine Auskunft. Die beiden sahen sie an, als käme sie von einem anderen Stern. Sie schwiegen. Schließlich sprach der Kripomann.

Ja?

Es tut mir leid, wenn ich störe. Ich weiß nicht genau, an wen ich mich wenden soll. Als ich an Ihrer Dienststelle vorbeikam, dachte ich, ich frage einfach mal hier. Es ist nämlich so: ich mache hier Urlaub. Und ich suche eine Familie, die früher hier gewohnt haben muß.

Wann früher?

Bellas Herz hüpfte. Offenbar schien die harmlose Touristin glaubwürdig.

Bis neunzehnhundertfünfundvierzig, nehme ich an.

Dem Streifenpolizisten war seine Erleichterung anzusehen. Er bekam Zeit, sich Entschuldigungen zurechtzulegen. Der Kripomann wirkte ebenfalls erleichtert. Zur Beantwortung dieser Frage konnte er die Frau an eine andere Dienststelle verweisen.

Versuchen Sie es beim Einwohnermeldeamt, sagte er. Ich nehme an, daß es dort noch ältere Unterlagen gibt. Und sonst im Stadtarchiv. Da gibt's alte Einwohnerverzeichnisse.

Er wollte sich dem Polizisten zuwenden. Als Bella stehen blieb, fragte er ungeduldig: Ist noch was?
Ich dachte – wenn Sie vielleicht für mich anrufen könnten? Oder feststellen, wie dort die Öffnungszeiten sind?
Er antwortete nicht, begann aber, auf seinem Schreibtisch zu suchen.
Bella sah sich um. Im Raum stand noch ein zweiter Schreibtisch, der aber offensichtlich zur Zeit nur als Ablage genutzt wurde. Überall türmten sich Akten. Vor den beiden hohen Fenstern standen zwei Zimmerlinden, groß, hellgrün und gut gepflegt. Sie tauchten den Raum in ein ruhiges, grünes Licht, das nicht zu der Szene paßte, die sie hinter der Tür mit angehört hatte. Die grüne Uniform des Streifenpolizisten wirkte wie ein Teil des Zimmers.
Hier, sagte der Mann am Schreibtisch. Er blätterte und las. Einwohneramt. Acht bis zwölf, fünfzehn bis sechzehn Uhr.
Danke, sagte Bella. Sie schloß sorgfältig beide Türen hinter sich. Im Gang roch es noch immer nach Bohnerwachs. Zu sehen war niemand.
Die Kripo war unterbesetzt und überlastet. Zumindest die Streife, der der Uniformierte angehörte, war nicht besonders diensteifrig. Sie wußte, daß die Polizisten schlechter bezahlt wurden als ihre Kollegen im Westen. Denkbar, daß einige darunter waren, die sich schon deshalb bei der Arbeit kein Bein ausrissen.
An einem Kiosk kaufte sie eine Zeitung und schlenderte langsam durch die Fußgängerzone, die die Stadt von einem Ende bis zum anderen durchzog. Die Menschen, die an ihr vorbeigingen, hatten die gleichen gierigen Gesichter wie die Westler, wenn sie durch ihre Einkaufsparadiese hetzten, nur waren sie anders gekleidet. Offensichtlich fehlte hier die breite, gutverdienende Mittelschicht, die im Westen in den Stadtzentren das Straßenbild bestimmte. Auch Geschäfte, in denen diese Leute eingekauft hätten, gab es nicht. Es gab auch kein Café, in dem man sitzen und den

Strom der Einkaufenden hätte beobachten können. Zweimal kam sie an leeren Räumen vorbei, deren Schaufenster die Aufschrift »Café« trugen. Offensichtlich waren die Aufschriften aus alten Zeiten. Auf einem Platz ohne Dach standen hohe Eisentische, an denen Männer, Frauen und Kinder dicke Würste von Papptellern aßen. Die Kälte schien ihnen nichts auszumachen.
Das eiserne Gitter, von dem der Platz umgeben war, steckte hoch und wackelig in Betonklötzen. Tiefschwarze Krähen und ein paar Möwen hockten auf den Dächern rundherum. Sie warteten auf liegenbleibende Wurstenden.
Bella zählte allein acht Brotläden in der Fußgängerzone, von denen einige nach neuestem westlichen Standard aufgeputzt waren. Zuletzt betrat sie eine altmodische Bäckerei, bestellte einen Kaffee und stellte sich an einen der beiden Stehtische im Hintergrund. Aus der Backstube hinter dem Laden kam der angenehme Geruch von Sauerteig und frischem Brot. Sie trank ihren Kaffee, beobachtete verstohlen die Kundinnen, meist alte Frauen, die die billigste Sorte Brötchen verlangten, und las zwischendurch die Lokalseiten der Zeitung.
Eine aufgebrachte Reporterin verbreitete sich in einem längeren Artikel darüber, daß die Stadt die Unterkünfte für Asylanten direkt neben der Müllkippe aufgestellt hatte. Ein Foto zeigte die trostlosen Baracken, eingezäunt und von Schwärmen von Krähen und Möwen besetzt. Der Müllberg lag im Hintergrund wie eine hohe, bedrohliche Flutwelle. Unter dem Foto stand: ES SIND SCHON RATTEN IN DEN ZIMMERN GESEHEN WORDEN. Auf der Leserbriefseite fand sie den Brief, der vermutlich den Kripomann so aufgeregt hatte. Jemand beschwerte sich darüber, daß eine Polizeistreife, die zufällig vorbeigekommen war, nachdem ein paar Menschen überfallen und ausgeraubt und einer von ihnen niedergeschlagen worden war, nichts unternommen hatte. Der Briefschreiber zählte noch ein paar ähnliche Vorfälle auf, aus denen Bella schloß, daß

es wahrscheinlich besser war, auf die Hilfe der Polizei zu verzichten.
Und dann war da noch der Leserbrief eines gewissen Jochen Giese, den Bella zuerst gelangweilt und dann mit immer größerem Interesse las. Der Brief war bösartig und denunziatorisch und wahrscheinlich sachlich richtig. Er behauptete, daß in der Verwaltung der Stadt, unter den Politikern und in der Polizei, Männer säßen, »deren Hälse vom dreimaligen Wenden schon so verdreht sein müssen, daß es ein Wunder ist, daß sie noch leben«. Er nannte ein paar Namen, den seines Vaters nannte er nicht, obwohl Bella ahnte, daß der Brief als Drohung an den Vater gemeint war. Gegen Ende des Briefes behauptete er, die Polizei verfolge die Untaten einiger rechtsradikaler Jugendlicher deshalb nicht, weil sie mit deren Ideologie übereinstimme. Er nannte die Namen dreier Männer, die »ungehindert ihre ausländerfeindlichen Untaten betreiben und unsere Gäste in Angst und Schrecken versetzen«. Die Namen hatte die Leserbriefredaktion eingeschwärzt. Der Brief war ein Dokument des Hasses und der Verzweiflung. Er war unüberlegt und bedeutete für den Briefschreiber eine Gefahr, wenn sein Inhalt den Tatsachen entsprach. Daß die Zeitung ihn abgedruckt hatte, konnte durchaus damit zusammenhängen, daß sie dem Maler ein paar Rächer auf den Hals schicken wollte.
Bella überlegte, ob sie es als ihre Aufgabe ansehen sollte, Jochen Giese zu warnen, fand, daß er erwachsen genug sei, um die Wirkung seiner Handlungen einschätzen zu können, und verwarf den Gedanken wieder.
Sie fühlte sich so wohl in der duftenden Bäckerei, daß sie einen zweiten Kaffee bestellte und stehen blieb, bis es draußen dunkel wurde.
Es war immer noch zu früh, um das Restaurant der Gieses aufzusuchen. Sie beschloß, vorher einen langen Spaziergang zu machen, suchte ihren Wagen und fuhr zurück ins Dorf. Dort ließ sie das Auto stehen und ging los.

Eine weiche, ein wenig melancholische Stimmung hatte sie erfaßt. Sie wunderte sich darüber, als sie bemerkte, daß diese Melancholie mit dem Maler zusammenhing. Sie hatte nicht mehr an ihn gedacht, seit sie am Abend vorher in ihr Quartier zurückgekommen war. Sie blieb stehen, um sich zu orientieren, und schlug dann die Richtung zur Mole ein. Das sanft an die Steine schlagende Wasser und die zarten Schreie der Gänse in der Dunkelheit schienen ihr einen zweiten Besuch wert.
Es waren nur noch wenige Menschen unterwegs, und es wurden weniger, je näher sie der Mole kam.
Rechts neben ihr lag der Fluß, links duckten sich alte, strohgedeckte Fischerhäuser vor dem Wind. Manchmal tat sich zwischen den Häusern ein schmaler Gang auf, der zum Fluß führte, selten von einer Laterne beleuchtet. Es würde eine klare kalte Nacht werden. Der Mond war noch nicht zu sehen.
Sie war schon fast bis zur Mole gegangen, als sie Schritte hörte, Rennen und Keuchen, und stehenblieb. Ein kleiner Mann kam aus einem der schmalen Wege gelaufen, sah nach rechts und links und rannte weiter, auf die Mole zu. Wenn er verfolgt wird, läuft er in die falsche Richtung, dachte Bella, als sie erneut Schritte hörte. Drei Männer liefen locker hinter dem Kleinen her, so, als ob sie sich Zeit ließen, als ob sie seiner sicher wären. Der letzte hielt etwas in der Hand, das wie ein Seil aussah. Langsam und vorsichtig, um nicht gesehen zu werden, ging Bella hinter den Männern her.
Der Kleine war am Anfang der Mole stehengeblieben. Er hatte begriffen, daß er in die falsche Richtung gelaufen war. Sein Gesicht, von der Laterne beleuchtet, unter der er stand, war voller Angst. Bis auf ein paar Schritte waren seine Verfolger schon bei ihm. Sie waren so begeistert, ihr Opfer in seiner ausweglosen Lage vor sich zu sehen, daß sie Bella nicht bemerkten. Sie kam näher und verbarg sich unter dem Vordach eines Hauses im Schatten. Auf dem

Dach stand eine zerbrochene Leuchtreklame. Neben sich an der Tür entdeckte sie ein handgeschriebenes Schild: Der Utkiek bleibt bis auf weiteres geschlossen.
Die Szene, die sich ein paar Meter von ihr entfernt am Kai entwickelte, blieb völlig lautlos. Zwei der Verfolger hielten den sich Wehrenden fest, während der dritte das Seil unter den Armen des Mannes durchzog und um seine Brust wickelte. Das dauerte eine Weile, denn der Kleine wehrte sich heftig. Schließlich hatten sie das Seil an ihm festgemacht. Jetzt erst sagte einer der Männer etwas zu den beiden anderen. Bella hörte das Wort »schwimmen« und hörte die drei lachen. Sie begannen, ihr Opfer auf die Mole zu zerren. Da der Mann sich noch immer zu wehren versuchte, waren sie zu beschäftigt, um zu bemerken, daß Bella hinter ihnen herging. Sie hatte überhaupt keine Lust dazu, aber es würde ihr nichts anderes übrigbleiben, als einzugreifen, bevor die Männer an der Spitze der Mole angekommen waren. Auf den schmalen, vereisten Steinen da vorn konnte sie nicht frei agieren.
Sie hielt die Hände in den Jackentaschen, als sie die Gruppe anrief.
So Jungs, es reicht. Laßt den Mann los und verschwindet.
Einen Augenblick blieb es still. Die Männer sahen Bella an.
Geh rüber und stopf ihr das Maul, hörte sie einen sagen.
Ein bulliger Typ, etwa so groß wie Bella, in Springerstiefeln löste sich aus der Gruppe. Die beiden anderen begannen, den Gefesselten vorwärts zu schieben.
Bella zielte kurz vor die Stiefel und schoß. Kies spritzte hoch. Die Kerle waren beeindruckt. Der, der auf sie zugegangen war, blieb stehen, die anderen ließen von ihrem Opfer ab. Der Mann, dem sie das Seil um die Brust geschlungen hatten, blieb ebenfalls regungslos stehen.
Ihr dürft die Hände hochnehmen, sagte Bella, zu den Sternen, bitte. Hohe Nacht der klaren Sterne, ist doch wunderschön heute.

117

Sie schoß noch einmal in den Boden, weil sie fand, daß die drei ihrem Befehl nicht schnell genug folgten. Mit einem Ruck gingen die Hände hoch.
So, und nun schön langsam rückwärts gehen, Schritt und Schritt und Schritt –
Da ist Wasser, sagte der mit den Springerstiefeln. Er war am weitesten davon entfernt, erkannte aber als erster, was ihnen bevorstand. Sie gingen nicht weiter. Der Mann mit dem Seil um die Brust stand da wie angewurzelt und starrte auf die Szene, die sich vor seinen Augen abspielte.
Nanu, sagte Bella,

Was gilt dein Glück und meines?
Und was gilt unser Leid?
Wir kennen nur noch eines:
Marschtritt im Ehrenkleid.

Der Vers war der Anfang eines Nazi-Liedes, das ihr im Zusammenhang mit ihren Studien über Männlichkeitswahn in die Hände gekommen war.
Marsch, rückwärts, sagte sie und schoß zum dritten Mal in den Boden. Die drei bewegten sich tatsächlich rückwärts, versuchten, mit kleinen Schritten das Unheil hinauszuzögern, und plumpsten einer nach dem anderen ins Wasser. Der kleine Mann begann zu rennen, als der zweite im Wasser gelandet war. Bella zielte, bis auch der dritte von der Mole verschwand. Sie wandte sich um und sah dem Fliehenden nach. Er rannte im Schein einer gelb leuchtenden Laterne auf den dunklen Weg zwischen zwei Fischerhäuschen zu. Das Seil war noch immer um seine Brust geknotet. Er zog das lange Ende hinter sich her wie der Teufel im Märchen seinen Schwanz.
Als er verschwunden war, ging Bella an den Kai und sah ins Wasser. Ruhig, ohne einen Laut von sich zu geben, strampelten drei Gestalten auf eine steinerne Treppe zu. Sie waren noch etwa zehn Meter von der Treppe entfernt.

Heiße Milch mit Honig, rief Bella, das hat schon manchem Hanswurst wieder auf die Beine geholfen.
Sie wandte sich zum Gehen. In der Ferne leuchtete ein Wirtshausschild. Ungefähr da mußte das Restaurant liegen, in dem sie gestern mit dem Maler gegessen hatte. Essen wollte sie nicht, aber einen Schnaps konnte sie jetzt vertragen.
Im Restaurant war es angenehm warm. Am Stammtisch saßen die Fischer, die auch am Abend vorher dort gesessen hatten, als seien sie gar nicht weg gewesen. Alle anderen Tische waren noch leer. Bella stellte sich an den Tresen und bestellte einen doppelten Wodka. Sie betrachtete den Tannenbaum, der am Abend zuvor noch nicht zwischen den Tischen gestanden hatte. Er war aus Plastik. Draußen vor den Fenstern beleuchteten gelbe Laternen die Mole. Sie sah zwei Männer über die beleuchtete Brücke laufen, die große Ähnlichkeit mit den Feiglingen hatten, die von ihr ins Wasser befördert worden waren. Die beiden beeilten sich, auf der gegenüberliegenden Seite in ihr Auto zu steigen. Sie benutzten einen alten Käfer, der schnell davonfuhr.
Sieh an, dachte Bella, Nummer drei ist also in diesem entzückenden Fischerdorf beheimatet. Sie wandte sich zum Tresen, um ihr Glas aufzunehmen. Die Tür hinter dem Tresen stand offen. Dahinter lag ein Treppenhaus. Durch den Hausflur und die Treppe hinauf stürmte gerade Nummer drei.
Sie trank langsam den eiskalten Wodka. Als ihr klarwurde, daß die Szene, die sie gerade erlebt hatte, eine gewisse Ähnlichkeit hatte mit der Geschichte, die die Böhmer in ihrem Tagebuch notiert hatte, bestellte sie ein zweites Glas. Sie hatte plötzlich kein Interesse mehr daran, diesen Giese aufzusuchen. Der Mann lief ihr nicht weg.
Die Fischer am Stammtisch hatten bisher noch nicht miteinander gesprochen. Es waren drei. Einer, mindestens einer, konnte alt genug sein, um den letzten Krieg miterlebt

zu haben. Sie betrachtete die Männer und stellte fest, daß sie Lust hatte, sich zu ihnen zu setzen. Sie hörte sich »Darf ich?« sagen, als einer der Männer zu ihr hinübersah, und saß gleich darauf zwischen ihnen am Tisch. Eine Viertelstunde lang sprach niemand. Ein Kellner, die junge Frau, die Bella den Wodka eingeschenkt hatte, war verschwunden, stellte einen halben Liter Bier vor Bella hin, ohne daß sie danach gefragt hatte. Sie trank langsam und in kleinen Schlucken. Wenn sie getrunken hatte, setzte sie das Glas vor sich ab und sah hinein, genauso wie die drei, die mit ihr am Tisch saßen. Eine Art träger Ruhe erfüllte sie. Gleichgültigkeit, die ihr fremd war und die sie genoß. Laß die Finger von dem, Mädchen, sagte irgendwann neben ihr einer der Männer. Er sah dabei in sein Glas. Auch Bella bewegte ihren Kopf nicht.
Er ist in Ordnung, aber er macht nur Unruhe. Er wird Ärger kriegen.
Die anderen nickten über ihren Gläsern.
Der Kellner mußte das Nicken als Aufforderung gedeutet haben. Er kam an den Tisch und sammelte die leeren Gläser ein. Als hätten sie nichts, wohin sie ihren Blick wenden konnten, als die Gläser weg waren, sahen sie jetzt Bella an. Sie spürte die Blicke und hob den Kopf. Wenn ihre Gleichgültigkeit es zugelassen hätte, wäre sie in Lachen ausgebrochen. Ein siebzigjähriger, ein sechzigjähriger und ein fünfzigjähriger Knasterbart sahen sie aus zugewachsenen Gesichtern an. Feiner roter, blonder und dunkler Schimmer ließen auf die frühere Farbe von Bärten und Haupthaar schließen. Jetzt war die vorherrschende Farbe grau.
Bella versuchte, ihre Aufmerksamkeit auf die Worte der Männer zu konzentrieren. Was hatte der Alte gesagt? Sie hatten den Maler am Abend zuvor mit ihr zusammen gesehen. Sie kannten ihn, obwohl sie gestern so getan hatten, als sähen sie ihn nicht.
Weshalb sollte er Ärger bekommen?
Allgemeines Schweigen war die Antwort.

Der Kellner brachte drei große frischgefüllte Biergläser, stellte sie auf den Tisch und ging zurück hinter den Tresen. Er bewegte sich wie jemand, der darüber hinwegtäuschen will, daß er lauscht. Vielleicht sprachen die Fischer seinetwegen nicht.
Er ändert die Menschen nicht, sagte der Alte. Jeder entscheidet selbst, wie er leben will. Und so lebt er dann auch, egal, was kommt. Wer was anderes sagt, der macht sich was vor. Er soll aufhören, sich was vorzumachen.
Was denn, was macht er sich vor? Bella fragte gleichzeitig drängend und vorsichtig. Es schien ihr, als könnten diese drei merkwürdigen bärtigen Männer jederzeit beschließen, das Gespräch zu beenden und in ein hundertjähriges Schweigen zu fallen. Vielleicht würde schon ein einziges falsches Wort dieses Schweigen auslösen. Sie mußte dieses Wort vermeiden.
Der Kellner verließ seinen Platz hinter dem Tresen. Er ging in den Hausflur – und schloß die Tür hinter sich. Vielleicht traf er den, der gerade polternd die Treppe herabkam. Er muß seinen Alten ja nicht lieben, sagte der Fünfzigjährige. Er hatte früher einmal einen dunklen Bart gehabt. Bella sah ihn an und wußte plötzlich, daß der Rothaarige sein Vater war.
Er hat's den Braunen recht gemacht und dann den Roten. Was die Neuen für eine Farbe haben, wird sich erst rausstellen. Recht machen wird er es ihnen auf jeden Fall.
Zum erstenmal lachten die drei Männer. Jedenfalls nahm Bella an, das Glucksen hinter den Bärten sei eine Art Lachen. Es hörte so unvermittelt auf, wie es begonnen hatte. Der Kellner war noch nicht zurückgekommen. Bella versuchte, die Gelegenheit für eine Frage zu nutzen.
Sein Vater hat im Sommer Besuch gehabt, sagte sie. Eine Frau, so ungefähr mein Alter. Ist sie auch hier gewesen? Haben Sie mit ihr gesprochen? Haben Sie sie gekannt? Lieber Gott, dachte sie bei sich, laß das nicht die Frage gewesen sein, die die drei zum Schweigen bringt.

Die Tür ging auf, und der Kellner kam wieder herein. Die drei Männer am Tisch sahen sich an.
Sie war hier und ist wieder weg, sagte der Alte, das ist alles. Vielleicht haben wir sie gekannt. Vielleicht ist eines Tages, über Mittag, die Kinder waren in der Schule und sind beim Alarm in den Bunker gelaufen, eine Bombe auf den Bunker gefallen. Vielleicht ist der Pilot mit dem Flugzeug ins Meer gestürzt und hat vorher ein paar Bomben ausgeklinkt. Vielleicht hatte er sich eine Chance ausgerechnet, wenn er die Dinger losläßt. Vielleicht ist diese eine Bombe nur zufällig auf den Bunker gefallen, in dem die Kinder mit ihrer Lehrerin saßen und ein paar Frauen aus dem Dorf.
Bella wagte kaum zu atmen. Es schien, als wollte der Alte zu einer längeren Geschichte ausholen, die auf irgendeine, sie wußte noch nicht welche, Weise mit ihrer Suche nach der verschwundenen Christa Böhmer zu tun hatte. Sie sah jetzt nicht mehr in ihr Bierglas, sondern blickte die Fischer an. Flüchtig nahm sie wahr, daß dem jüngsten das rechte Ohr fehlte. Anstelle der Ohrmuschel saß ein knubbeliges Stück Fleisch. Der Mann hatte die Hand gehoben und rieb daran herum. Sie begriff, daß er eins von den Kindern im Bunker gewesen war. Die Bewegung der Hand zum Ohr war ihm nicht bewußt. Sie war unwillkürlich durch die Erinnerung hervorgerufen worden.
Vielleicht haben einmal Särge da draußen gestanden, sagte der Alte, große und viele kleine weiße Särge, in der Mittagssonne auf der Hafenstraße. Und der Mann, der die schöne Rede gehalten hat von Endsieg und Opfern, die nicht umsonst sind, vielleicht hat er ein Mädchen an der Hand gehabt. Möglich, daß sie ihm geglaubt hat. Es haben ihm ja auch andere geglaubt.
Jedenfalls, sagte der Kellner laut vom Tresen herüber, heißt es, daß er ein sehr guter Redner war. Ein ganz Überzeugter. Wenn du mich fragst, von denen hätten wir da-

mals mehr gebraucht, dann wäre die Sache anders ausgegangen.
Wer fragt dich denn, sagte der Alte. Was kommt, das kommt. Du wirst es nicht ändern.
Und für heute gilt das genauso, sagte der Kellner unbeeindruckt. Wenn heute einer kommt, der gut reden kann, dann werden die Leute schon begreifen, was sie zu tun haben.
Die Fischer schwiegen verächtlich. Der jüngste rieb noch immer das zerstörte Ohr.
Seine Zeit, dachte Bella, hat damals begonnen, und jetzt ist er wieder im Damals. Er haßt den Krieg und die, die ihn verursacht haben. Sie haben sein Ansehen bei den Mädchen geschmälert und ihm Alpträume beschert, die wiederkommen, wenn auch inzwischen in großen Abständen. Heute nacht wird er vermutlich nicht gut schlafen. Als sie begriff, daß sie sich die Theorie der Alten aus der Hotelgarderobe über die andere Zeit zu eigen gemacht hatte, lächelte sie in ihr Glas. Niemand sagte etwas. Das Gespräch war zu Ende.
Es war ihr daran gelegen, einen Abgang zu haben, der die Möglichkeit zu einem weiteren Gespräch offen ließ. Sie würde jetzt nichts mehr fragen. Sie stand auf, ging an den Tresen und zahlte. Der Kellner bediente sie gleichgültig. Offenbar brachte er sie nicht mit dem kalten Bad in Verbindung, das sein Kumpan unfreiwillig genommen hatte. Zum Stammtisch hinüber sagte sie »gute Nacht«. Sie war nicht erstaunt darüber, daß sie keine Antwort bekam. In der Tür traf sie mit einer Gruppe lachender, durchfrorener Touristen zusammen. Die ersten Gäste kamen zum Abendessen. Das Restaurant war bekannt für seinen guten Fisch.
Langsam ging sie über die hölzerne Brücke zurück zu ihrem Wagen. Sie hatte noch immer keine Lust, das Lokal aufzusuchen, in dem die Böhmer gewesen war. Vielleicht sollte sie Jochen Giese einen Besuch abstatten, nicht um ihn zu warnen; sie war davon überzeugt, daß er

die Gefahren, in die er sich begab, besser abschätzen konnte als sie, die erst wenige Tage hier war und die Verhältnisse nicht besonders gut kannte. Sie hatte einfach keine Lust, allein zu sein, und ein Gespräch mit ihren Wirtsleuten schien ihr nicht besonders verlockend. Sie fuhr eine Viertelstunde am Stadtrand und auf der verschneiten Landstraße entlang. Große Wohnblocks, in Plattenbauweise auf die Felder gesetzt und durch offenliegende Rohre mit Fernwärme versorgt, begleiteten sie eine Zeitlang. Dort, wo eigentlich Bäume, Grünanlagen, Sträucher, Büsche hätten sein sollen, standen jetzt Autos, von Straßenlaternen mit weißem Licht beleuchtet. Auf der Landstraße außerhalb der Stadt war der Schnee zu einer festen Decke gefroren. Es war glatt, und sie fuhr langsam.

Weshalb hatte der Alte die Geschichte von der Bombe erzählt, die auf den Bunker gefallen war? Er wollte damit sagen, daß der Vater der Böhmer irgendein hohes Tier bei den Nazis gewesen war. Das hatte sie eigentlich schon gewußt. Je länger sie überlegte, desto dringender schien es ihr, die Fischer zu weiteren Auskünften zu bewegen. Falls sie überhaupt noch etwas wußten. Weshalb hatte die Böhmer ausgerechnet diesen Giese aufgesucht? Sie hatte doch sicher noch andere Bekannte. Sogar die Fischer hatten sie erkannt, obwohl das Haus der Böhmers nicht im Fischerdorf gelegen hatte, sondern in dem Dorf auf der anderen Seite des Flusses.

Vielleicht konnte Jochen Giese ihr etwas über seinen Vater erzählen, das ihr weiterhalf. Sie lächelte bei dem Gedanken an die Beschäftigung, die sie gestern davon abgehalten hatte, Fragen zu stellen.

Als sie den Feldweg erreichte, stellte sie den Wagen am Straßenrand ab. Der Weg war verschneit. In den letzten Stunden hatte ihn niemand betreten. Sie hätte das Haus da vorn nicht gesehen, wenn sie nicht um seine Existenz gewußt hätte. Alle Fenster waren dunkel. Auch über der

Haustür brannte kein Licht. Die Haustür war nicht abgeschlossen und gab unter ihrer Schulter nach, als sie sich dagegenlehnte, um den Schnee von ihren Schuhen zu wischen. Sie trat ein, schloß die Tür hinter sich und suchte nach einem Lichtschalter. Sie fand keinen. Einzig der Schnee vor den Fenstern leuchtete. Langsam gewöhnten sich ihre Augen an die Dämmerung. Sie begann die Umrisse der Leinwände auf dem Boden zu ahnen und die weißen Mauern des Ofens an der linken Wand. Vorsichtig, um nicht herumstehende Farbtöpfe umzustoßen, ging sie zum Ofen. Dort in der Ecke mußte ein Lichtschalter sein. Hinter ihr fiel krachend die Haustür ins Schloß. Bella stand und wartete. Alles blieb still. Ein plötzlicher Windstoß mußte die Tür bewegt haben. Vorsichtig ging sie weiter, tastete nach dem Lichtschalter und bewegte ihn. Die Lampe blieb dunkel. Sie setzte sich auf die Ofenbank. Ihre Augen hatten sich an das Schneelicht von draußen gewöhnt. Nichts bewegte sich, niemand war im Haus. Wahrscheinlich war der Strom ausgefallen. Sie ging zurück zur Haustür, suchte und fand den Schalter für die Außenbeleuchtung. Auch hier brannte die Lampe nicht. Einen Augenblick überlegte sie, ob sie zurückgehen und auf den Maler warten sollte. Sie hätte gern in Ruhe seine Bilder angesehen. Aber sie wußte nicht, wann der Strom wieder funktionieren würde. Und sie hatte keine Lust, in dem dunklen Haus herumzusitzen und darauf zu warten. Sorgfältig schloß sie die Haustür hinter sich und ging zurück zum Wagen. Die eisige Luft war unbewegt. Im nachhinein kam ihr der plötzliche Windstoß, der die Tür zugeschlagen hatte, ungewöhnlich vor. Aber sie verspürte keine Lust zurückzugehen und zu prüfen, ob es wirklich der Wind gewesen war, der die Tür bewegt hatte.
Im Auto sah sie auf die Uhr. Es war kurz vor acht und damit zu früh, um schlafen zu gehen. Zurück in die Stadt also. Irgend etwas mußte sich auch in dieser Stadt abends unternehmen lassen.

Er war ins Dorf gefahren, hatte rote Kerzen gekauft und die Post abgeholt. Auf dem Rückweg ließ er den Wagen am Ausgang des Dorfes stehen. Er hätte direkt zum Bierkeller gehen können, aber es schneite nicht mehr, und er fürchtete die Spuren, die er im Schnee hinterlassen würde. Er mußte einen Umweg machen, um vom Feld her den Keller zu erreichen. Das kostete ihn Zeit, für die die Frau vielleicht eine Erklärung verlangte. Er würde sich unterwegs etwas ausdenken. Auf dem Feld krachten die Eisschollen zwischen den Furchen unter seinen Schritten. Das Geräusch erinnerte ihn an seine Kindheit, an den Schulweg im Winter und das Vergnügen, das er und seine Freunde dabei empfunden hatten, durch überschwemmte Wiesen zu laufen und die Eisdecke zwischen den Grasbüscheln zu zerstören. Damals war alles einfach gewesen. Das einzige Problem, an das er sich erinnern konnte, hatte darin bestanden, die Uniform nicht schmutzig zu machen, wenn sie, was manchmal vorkam, um die Wette über die zugefrorenen Wiesen gelaufen und dabei gestolpert und in das modrige Wasser unter dem zerbrechenden Eis gefallen waren. Er beeilte sich, um das freie, ungeschützte Feld schnell hinter sich zu bringen. Der Frau würde er sagen, er habe jemanden aus dem Gemeinderat getroffen und sie hätten die Sitzung besprochen, die morgen stattfinden sollte. Er war nicht sicher, wer von den übrigen Mitgliedern bei der Abstimmung auf seiner Seite sein würde. Sicher war er bei den älteren und den beiden aus dem Westen. Die aus dem Westen hätten natürlich auch Konkurrenz sein können. Aber er wußte, daß die größere Pläne hatten. Von denen interessierte sich keiner für das marode Ausflugslokal. Vielleicht hatten sie auch noch nicht begriffen, was man daraus für eine Goldgrube machen konnte. Aber er, er hatte noch Bilder von früher im Kopf. Heimvorteil, ja, das war's. Kam selten genug vor. Sonst rissen die sich doch alles unter den Nagel. Die beiden jungen Leute im Gemeinderat waren unsichere Kantonisten. Nicht, weil sie ihm Konkurrenz machen wollten. Der eine war Lehrer, und der andere hatte nach der Wende eine kleine Autoreparaturwerkstatt aufgemacht. Das Problem lag darin, daß er die beiden schon lange kannte. Er hatte sie sozusagen politisch erzogen. Und er wußte nicht, wie ernst sie ihre überholten politischen Ansichten noch immer nahmen. Er hätte sie vorher einladen sollen. Konnte man das nicht heute abend noch nachholen? Er würde mit der Frau darüber sprechen, wenn er zurück war.

Er hatte den Drahtzaun erreicht, der das Gelände um den Bierkeller vom Feld abgrenzte. Prüfend ging er daran entlang, fand eine hochgebogene Stelle und kroch hindurch. Einen Augenblick überlegte er, ob er den Haupteingang benutzen sollte. Er erinnerte sich daran, daß er das Schloß nur unzureichend wieder befestigt hatte. Er mußte es ordentlich anbringen. Aber man würde die Spuren im Schnee sehen können. Besser, er ließe das Schloß vorläufig so, wie es war. Er würde durch einen der Schächte einsteigen.

Um den Hügel herumgehend, fand er den Schacht, von dem er annahm, daß er der Tonne, die dort unten bewegt werden mußte, am nächsten lag. Der Schacht war nur am oberen Rand mit Schnee bedeckt, dahinter begann Sand und Müll. Er würde sich schmutzig machen beim Hinabsteigen. Er mußte später versuchen, ins Haus zu kommen und sich umzuziehen, bevor er mit der Frau zusammenträfe. Am besten, er würde rückwärts einsteigen, dann käme er unten mit den Füßen zuerst auf.

Wie hoch über dem Boden lag die untere Öffnung? Er wußte es nicht mehr, erinnerte sich dann aber, daß sie als

Kinder ohne Schwierigkeiten hineingelangt waren. Langsam rutschend bewegte er sich hinunter. Im Schacht lag mehr Müll, als er von oben gesehen hatte. Gut, der Müll bremste sein Tempo. Schließlich stießen seine Füße gegen Holz. Die verdammten Vogelschützer hatten den Ausgang des Schachts vernagelt. Er konnte sich nicht umwenden, um die Beschaffenheit der Bretter zu prüfen, die ihn daran hinderten, in den Keller zu rutschen. Der Schacht war zu eng. Er konnte nur hoffen, daß sie leicht wegzustoßen waren. Mühsam kroch er ein kleines Stück wieder nach oben, zog die Beine an und schnellte sie mit aller Kraft, die er in der labilen Lage aufbringen konnte, zurück. Das Holz hinter seinen Füßen gab krachend nach. Er fiel auf den Bauch und rutschte bäuchlings nach unten. Einen Augenblick hingen seine Beine im Leeren. Dann fühlte er Boden unter den Füßen, rutschte, stieß sich das Gesicht an der steinernen Kante des Einstiegslochs und stand.
Sehr wenig Licht fiel durch das aufgestoßene Loch um ihn herum auf den Boden. Ein paar Tiere flatterten unruhig. Er blieb stehen, gewöhnte sich an die Dunkelheit und wartete, bis sich die Tiere beruhigt hatten. Schon als Kind hatte er die herumsausenden Fledermäuse ekelhaft gefunden und nicht verstanden, weshalb andere sich für sie interessierten.
Es war beinahe fünfzig Jahre her, daß er, sah er von dem kurzen Aufenthalt gestern ab, hier unten gewesen war. Trotzdem fand er sich schnell wieder zurecht. Die Tonne lag nur wenige Meter entfernt an der Wand. Er begann sie durch den Keller zu rollen, auf der Suche nach einem unverfänglichen Platz. Den fand er im hintersten Raum der sehr großen Kelleranlage. Dort standen zwanzig oder dreißig Fässer, die der Tonne, die er vor sich herschob, ähnlich sahen. Er hatte gewußt, daß sich diese Dinger hier unten befanden. Vielleicht war er doch später noch einmal hier gewesen. Er schob die Fässer auseinander, was

einfach war, denn sie waren leer. Leider waren sie deshalb auch oben offen. Er mußte einige umdrehen, um zu verhindern, daß die verschlossene Tonne dazwischen auffiel. Das war mühsam und kostete Zeit.
Er arbeitete hastig. Manchmal, wenn die Bleche der Fässer gegeneinanderstießen, fuhr er zusammen. Ein paar Fledermäuse lösten sich jedesmal von der Decke, flatterten hin und her und hängten sich an einer anderen Stelle wieder an. Schließlich hatte er die neue Tonne so placiert, daß sie, auch wenn er die Oberflächen mit der Taschenlampe ableuchtete, zwischen den anderen nicht auffiel. Er lief fast zurück zum Ausstieg. Unterwegs fiel ihm ein, daß er nicht in der Lage sein würde, die Bretter vor dem Ausstiegsloch wieder anzubringen. Er mußte es darauf ankommen lassen. Sollten sie denken, daß spielende Kinder sie entfernt hatten. So was kam bestimmt öfter vor. Er mußte den Ausstieg, mühsam auf dem Bauch über Sand und Müll robbend, vornehmen. Der Schacht war zu steil, um auf Händen und Füßen hochkriechen zu können. Als er oben ankam, war er über und über mit Schmutz bedeckt und auf eine merkwürdige, ihn selbst überraschende Weise verstört. Er lief über das Feld, klopfte mit den Händen auf seine verdreckten Hosen und Ärmel und empfand die gleiche Verstörung wie damals, als er dem bewunderten Nachbarn geholfen hatte, die Toten zu begraben.
Es ist alles in Ordnung. Einer hat noch gelebt. Er hat ihn erschossen, mit der Waffe des Nachbarn. In Wachstuch hat er sie eingeschlagen. Sie haben die Leichen ziemlich tief eingegraben, und es ist immer noch alles in Ordnung. Niemand hat sie gesehen. Sie haben die Grasnabe über das Loch gelegt, sind gegangen, und mit jedem Schritt, den sie sich von dem Grab entfernen, wird seine Angst größer. Bis der Nachbar es bemerkt und ihn beruhigt. Es war richtig, was sie getan haben. Nach dem Endsieg werden sie einen Orden bekommen. Ihre Ehre ist Treue. Ihrer beider Ehre ist Treue. Sein Vater, wenn er

noch lebte, wäre stolz auf ihn. Es fiel ihm schwer, die Hand ruhig zu halten, als er sein Auto aufschloß. Er setzte den Wagen in Gang, fuhr an und spürte, daß seine Knie zitterten.

Diese Frau hätte zu Hause bleiben sollen. Die Sache war vergessen gewesen. Ihr Vater war gestorben. Niemand hatte davon gewußt, außer ihm, und er hatte es vergessen. Und dann kam sie. Die ganze Zeit drüben im Westen gewesen, nichts mitgemacht und jetzt auf der Suche nach der Vergangenheit ihres Vaters.

Er fuhr zu schnell, aber die Straße war leer, so daß er niemanden behinderte, als er die Kurve von der Landstraße in die Siedlung zu schnell nahm und rutschte. Er fing den Wagen ab und fuhr weiter, schnell, als habe er die Absicht, sich hinter den schützenden Wänden der Garage zu verkriechen. Er war tatsächlich froh, als er die Garage erreicht hatte. Einen Augenblick blieb er hinter dem Steuer sitzen, um sich zu beruhigen.

Seine Frau stand vor ihm, als er aufsah. Sie stand da in der weißen Kittelschürze, die sie vormittags trug, wenn sie damit beschäftigt war, die Küche und das Restaurant für den Abend vorzubereiten. Er dachte daran, welche Mühe es ihn gekostet hatte, sie zu überreden, die scheußlichen geblümten Kittel auszuziehen, als sie das Restaurant eröffneten. Zum erstenmal haßte er sie. Als er nicht ausstieg, kam sie ihm entgegen und öffnete die Wagentür. Ist dir nicht gut?

Ihre Stimme klang nicht anteilnehmend. Sie hatte dieselbe Frage gestellt, die sie vor ein paar Tagen auch gestellt hätte, nur war ihr der Inhalt gleichgültig geworden.

Alles in Ordnung, sagte er, während er ausstieg. Ich hab gleich die Post mitgebracht.

Er sah ihre Augen über seine verschmutzten Ärmel gleiten, sah, wie sie ihn von oben bis unten musterte, als er ihr die Schachteln mit den roten Kerzen in die Hand drückte. Er wartete darauf, daß sie etwas sagen würde,

und überlegte angestrengt, wie er den Zustand seiner Kleidung erklären sollte.
Als sie nichts sagte, ging er erleichtert hinter ihr her. Sollte sie denken, was sie wollte, wenn sie ihm nur keine Szene machte. Er stieg die Treppe zur Wohnung hinauf. Während er sich auszog, um zu duschen, hörte er sie unten im Restaurant hin und her gehen.
Später, als er hinunterging, warf er einen Blick ins Restaurant. Schön sah es da aus, weiße Tischdecken, die Leuchter mit den roten Kerzen und der Glitzerkram drumherum. So hatte er es haben wollen. In den ganzen verdammten vierzig Jahren hatte er nicht ein einziges Restaurant gesehen, das so adrett aussah wie seins hier. Kein Wunder, daß die Leute gern zu ihm kamen.
Er ging in die Küche, klopfte seiner Frau anerkennend auf den Hintern und begann umständlich, eine Geschichte zu erzählen, die seine Verspätung erklären sollte. Er war nicht sicher, ob sie ihm glaubte, aber schließlich war's ihm egal. Hauptsache, sie regte sich nicht wieder auf. Er blieb am Küchentisch sitzen und sah ihr bei der Arbeit zu. Nach einer Weile begann es in der Küche nach Rotkohl zu duften. Er bekam Hunger.
Riecht wieder wunderbar bei dir, sagte er, kann man schon mal probieren?
Gleich, sagte sie, ohne sich umzuwenden. Ich mach dir gleich einen Teller zurecht. Daß du essen kannst, sagte sie nach einer Pause.
Er tat so, als habe er sie nicht verstanden, aber sie hörten beide, daß seine Stimme krampfhaft lustig war, als er antwortete. Sie schwieg, hantierte am Herd herum und wandte ihm den Rücken zu. Er hatte das Bedürfnis, aufzustehen und hinauszugehen, zwang sich aber sitzen zu bleiben.
Und du, sagte er, als sie den Teller mit Essen vor ihm hinstellte, ißt du nichts? Während er sprach, kam ihm seine Frage ungeschickt vor. Sie zuckte die Schultern und verließ die Küche. Er hörte sie am Tresen hantieren. Als sie

zurück in die Küche kam, stellte sie ein Glas Bier neben seinen Teller auf den Tisch.
Setz dich doch wenigstens dazu, sagte er. Seine Stimme klang bittender, als er es beabsichtigt hatte. Plötzlich tat er sich unendlich leid. Er war einsam. Er kämpfte für seine Familie. Niemand verstand ihn, nicht einmal die eigene Frau. Als sie sich ihm gegenüber auf die Küchenbank setzte, war er erleichtert.
Wer war das heute morgen am Zaun, fragte sie.
Schon wieder diese tonlose Stimme. Konnte sie nicht mehr anders reden? Von wem sprach sie überhaupt? Am Zaun?
Ach so, die, sagte er, die wollte bei uns Mittag essen. Ich hab ihr gesagt, daß wir erst gegen Abend aufmachen. Irgend jemand hatte ihr gesagt, daß man bei uns Wild bekommt. Ich nehme an, die taucht heute abend wieder auf.
Also war sie harmlos, sagte sie. Die Erleichterung in ihrer Stimme war deutlich herauszuhören. Endlich nahm sie Vernunft an.
Nun paß mal auf, sagte er, ich hab da eine Sache gemacht, die war nicht ganz in Ordnung. Aber immerhin stand unsere Existenz auf dem Spiel. Ich kann dir das jetzt nicht alles erklären, aber du kannst sicher sein –
Laß, sagte sie und stand auf, du hast es mit Gift gemacht, oder? Hast du das Gift noch im Haus?
In seinem Inneren entstand Panik. Das friedlich begonnene Gespräch hatte keinen Einfluß auf ihren Zustand gehabt. Er konnte ihr nicht sagen, daß das Gift der SS, das der Nachbar ihm damals anvertraut hatte, die ganzen Jahre in ihrem Haus gewesen war. Sie würde nach dem Grund fragen. Sie würde, was damals geschehen war, noch mehr verabscheuen als die Sache jetzt. Er schwieg und wartete darauf, daß ihm etwas einfiele, irgend etwas, das geeignet wäre, sie auf andere Gedanken zu bringen. Sie stand da und sah auf ihn herab. Schließlich wandte sie sich um und verließ die Küche. Er hörte sie die Treppe hinaufgehen.

Verdammt, dachte er, warum hab ich sie da nicht rausgelassen. Sie ist imstande und erzählt den Gästen, wir hätten Gift im Haus. Wie spät ist es überhaupt? Halb vier, in zwei Stunden ist Hochbetrieb und sie mit Leichenbittermiene dazwischen. Das durfte nicht sein.
Er erhob sich und ging auf den Flur hinaus. Dort stand das Telefon. Er wartete ungeduldig, bis sich am anderen Ende jemand meldete.
Karin, sagte er, kannst du etwas früher kommen? Deiner Mutter geht's nicht gut. Sie muß sich eine Weile hinlegen. Dann ging er die Treppe hinauf, nahm zwei Beruhigungstabletten aus dem Spiegelschrank, füllte ein Zahnputzglas mit Wasser und ging zu ihr. Sie stand am Fenster des Schlafzimmers und sah hinaus. Er stellte sich neben sie. Vor ihnen lagen verschneite Felder. Es begann dunkel zu werden. Der Himmel und die Felder waren von gleichem Blaugrau, nur unterbrochen von der dunkelgrauen Linie des Waldes am Horizont.
Da drüben hat mal die große Strohmiete gestanden, sagte sie. Ich hatte meinen Schuh beim Spielen darin verloren. Als das Stroh abgebrannt wurde, kamst du und hast mir den verkohlten Absatz gebracht. Du hattest HJ-Uniform an. Ich glaube, meine Mutter hat sich nicht getraut, dich rauszuwerfen. Als du weg warst, hat sie schlecht von dir gesprochen. Mich hat das nicht gestört. Ich hab dich sehr bewundert, trotz der Uniform.
Ihre Stimme klang traurig. Er legte seinen Arm um ihre Schultern.
Es wird wieder Sommer, sagte er, das dauert gar nicht mehr so lange. Ich hab dir ein Beruhigungsmittel gebracht. Hier, und trink einen Schluck Wasser. Karin kommt etwas früher heute, du kannst dich ruhig hinlegen.
Sie nahm die Tabletten und trank das Wasser.
Wie schnell es dunkel wird, sagte sie.
Er blieb am Fenster stehen und sah hinaus. In seinem Rükken hörte er, daß sie sich ins Bett legte. Er erinnerte sich

nicht an die Geschichte mit dem verbrannten Schuh. Es war eine Geschichte, in der er eine positive Rolle gespielt hatte. Vielleicht war es ein gutes Zeichen, daß sie ihr gerade jetzt eingefallen war. Ein großer Vogel flog über das Feld, so groß, daß es ein Fischadler hätte sein können. Er flog in Richtung Ostsee und verschwand sehr schnell in der Dämmerung.
Ich glaube, ich hab eben einen Fischadler gesehen, sagte er, während er sich umwandte. Im Zimmer war es fast dunkel. Sie hatte die Decke bis unter das Kinn gezogen. Er konnte nicht sehen, ob sie die Augen offen oder geschlossen hielt.
Ich geh dann mal runter, sagte er. Karin wird gleich kommen. Wir schaffen das da unten auch allein. Er strich über ihre Bettdecke, bevor er das Zimmer verließ. Sie hörte ihn die Treppe hinuntergehen.

Vorn auf der Bühne sang die Schauspielerin »Tapfere kleine Soldatenfrau«.
Die ältere Frau neben Bella schniefte vorsichtig in ihr Taschentuch. Bella sah die Reihe entlang. Ihre Nachbarin war nicht die einzige, die zu Tränen gerührt war. Bella verfolgte eine Weile die Bewegungen der Schauspielerin. Sie hatte noch nie etwas übrig gehabt für die Sentimentalitäten der Zarah Leander.
Die Idee, ins Theater zu gehen, war ihr spontan gekommen, als sie auf dem Rückweg in die Stadt an dem großen Kasten stehengeblieben war. Die Aussicht, bei welchem Stück auch immer, Menschen im Theater beobachten zu können, schien ihr auf jeden Fall verlockender, als in einer trüben Gaststätte zu hocken. Obwohl die Vorstellung schon begonnen hatte, war sie eingelassen worden. Und sie bedauerte es nicht. Sie fand, daß sie einem geradezu einmaligen Schauspiel beiwohnte. Das spielte sich allerdings nicht auf der Bühne ab, sondern im Zuschauerraum. Sie waren wegen Zarah gekommen und wegen ihrer Erinnerungen. Jedesmal, wenn die Schauspielerin auf der Bühne mit einem der bekannten Lieder begann, konnte Bella an den entzückten Gesichtern erkennen, daß die Frauen und Männer hier in einer anderen Zeit lebten, jedenfalls die älteren, und die meisten Zuschauer waren älter. Sie hätte nicht einmal sagen können, daß das Publikum die Absicht des Regisseurs mißverstand. Der größere Teil war offensichtlich gar nicht wegen irgendwelcher dramaturgischen Absichten ins Theater gekommen. Es interessierte die Leute schlicht nicht, was da vorn gesagt werden sollte.

In der Pause sah sie ein paar junge Leute, die das Theater verließen. Zu wenige, fand sie. Sie trank an der improvisierten Bar ein Glas Wodka und Orangensaft. Neben ihr standen zwei alte Frauen.
Ihre Stimme ist es ja nicht, sagte die eine, die direkt neben Bella stand. Sie trug ein dunkelblaues Kleid mit weißem Kragen und hatte sorgfältig weiß gefärbte Haare.
Aber sonst ist alles so wie früher, antwortete die andere, nicht ganz so weiß, sondern eher lila gefärbt und in Schwarz, mit einer langen Kette aus Jettperlen über der Brust.
Wenn ich daran noch denke. Der Mann im Krieg und ich mit den Kindern allein. Nie bin ich abends weggegangen. Obwohl man das ja hätte tun können. Sichere Straßen hatten wir jedenfalls. Nur das eine Mal war ich mit Nachbarn im Kino. Zarah wollte man sich ja nicht entgehen lassen. Es war Sommer, dreiundvierzig, glaube ich, La Habanera. Irgendwie war sie nach Südamerika gekommen. Und hatte so ein Heimweh. War da wohl sehr schön, mit Luxus und so. Aber sie war eben aus dem Norden. Kein Schnee und das alles. Diese Sehnsucht nach der Heimat. Das hat der nordische Mensch nun mal. Jedenfalls, schon auf dem Rückweg hatte ich so ein komisches Gefühl.
Wieso, war dein Mann inzwischen nach Hause gekommen?
Das wäre schön gewesen. Nein, die Kinder. Sie waren doch nicht gewohnt, allein zu sein. Waren wieder aufgewacht und aus dem Fenster geklettert. Natürlich, die Nachbarn auch nicht da. Sie hatten die Fußbänke aus dem Fenster geworfen, damit sie hinterher wieder einsteigen konnten. Und ich komm nach Hause, das Fenster weit offen, unten stehen Fußbänke. Ob du es glaubst oder nicht –
Bella verzichtete darauf, weiter zuzuhören. Sie drängte sich durch das schwatzende Publikum und blieb mit dem Glas in der Hand ein Stück weiter stehen.
Ich mochte ja die Rökk lieber, hörte sie neben sich. Die hatte einfach mehr Witz. Immer diese traurigen Rollen, na

gut, singen konnte die Leander besser. Aber die Zeiten waren doch schon traurig genug. Wenn ich daran noch denke: Wenn der weiße Flieder wieder blüht. Wie die Rökk da die Revuetreppe runtergesteppt kam ...
Ein Jammer, sagte Bella laut, daß sie sich nicht den Hals gebrochen hat.
Ein paar Frauen sahen empört zu ihr hin. Vielleicht hätte es Ärger gegeben, aber das Pausenzeichen war zu hören, und ohne auch nur einen Augenblick zu zögern, drängten die Menschen zurück auf ihre Plätze. Vor den Eingangstüren zum Zuschauerraum standen sie zu Klumpen geballt.
Bella ging an die Bar zurück und ließ ihr Glas wieder füllen.
Im zweiten Teil des Stückes sollte es um die Verantwortung der Künstlerin, um ihre Mitschuld an den Verbrechen der Nazizeit gehen. Jedenfalls war das der Wille des Autors gewesen. Seine Absichten gingen so vollkommen an den Bedürfnissen der Menschen im Zuschauerraum vorbei, daß Bella sich über seine Naivität zu ärgern begann. Um sich herum sah sie bei jeder neuen Schnulze verklärte Gesichter. Hätte er nicht wissen können, für welche Gemütszustände er produzierte?
Sie blätterte laut und ungeniert im Programmheft herum. Natürlich, jung, aus dem Westen, keine Ahnung. Er sollte die Leute hier mal sehen. Es war, als hätten die Menschen fünfzig Jahre lang darauf gewartet, sich ohne Scham und öffentlich in alte Zeiten versetzen zu lassen. Damals waren offenbar alle glücklich gewesen, und jetzt wünschten sie sich in glückliche Zeiten zurück. Das Böse hatte für sie erst begonnen, als der Krieg zu Ende war.
Als vorn »Ich weiß, es wird einmal ein Wunder geschehn, und dann werden alle Märchen wahr« erklang, stand Bella auf und verließ den Saal. Hinter der Bar standen die Garderobenfrauen. Sie ging zu ihnen und bat um einen Wodka.

Eigentlich ist ja schon Schluß, sagte eine, das nimmt einen ganz schön mit, was? Sie nahm ein Glas von dem Handtuch, auf dem die bereits abgewaschenen Gläser zum Trocknen abgestellt worden waren, und füllte es mit Wodka.
Bella hob das Glas. Ehrlich gesagt, ich finde das alles ziemlich zum Kotzen, sagte sie und trank.
Das verstehn Sie nicht, sagte die, die ihr den Wodka gegeben hatte. Sie sind aus dem Westen. Da war das Leben normal.
Ja, sagte Bella, da ist das Leben normal. Aber keine Angst, ich glaube, hier wird es auch bald normal werden.
Sie legte ein Fünfmarkstück auf den Tisch und ging. Die Dielen im Foyer knarrten unter ihren Füßen. Sie waren so alt, daß wahrscheinlich schon irgendwelche Nazi-Größen auf ihnen gewandelt waren, in Uniform und den rechten Arm ununterbrochen in Bewegung.
In ihrem Rücken spürte sie die mißtrauischen Blicke der Garderobenfrauen. Auf der Straße hörte sie die letzten Takte des »Wunder«-Liedes und kräftig einsetzenden, donnernden Beifall. Sie rannte zum Auto. Auf der Fahrt in die Pension dachte sie über das nach, was sie gesehen und gehört hatte. Die trostlose Fußgängerzone in der Stadt fiel ihr ein, die Läden mit dem Massenangebot an billigen Klamotten, die einfachen Schaufensterdekorationen. Immer warteten die Leute auf ein Wunder. Das hier schien nicht ganz so ausgefallen zu sein, wie die Menschen es sich erhofft hatten.
Als sie das Gasthaus erreichte, in dem sie schlief, waren dort alle Fenster dunkel. Auch in der Gaststube brannte kein Licht mehr. Ihr Auto war das einzige vor der Tür. Sie schloß die Haustür auf und stieg leise die knarrende Treppe empor.
In ihrem Zimmer war es gemütlich warm. Sie verzichtete darauf, Licht anzumachen, um den Blick auf die Einrichtung noch ein Weilchen hinauszuzögern, ging statt dessen

ans Fenster und sah hinaus. Schnee, ein paar Dorflaternen, dunkle, niedrige Häuschen. Als sie sich abwenden wollte, sah sie einen Mann langsam näher kommen. Sie blieb stehen und sah ihm zu. Er hatte ein Notizbuch in der Hand und notierte die Nummern einiger Autos, die am Straßenrand standen. Er notierte nicht jede Nummer. Es dauerte eine Weile, bis Bella begriff, was sich da unten tat. Eigentlich begriff sie es erst, als sie ihren Gastgeber erkannte.
Der Mann ging durchs Dorf und notierte die Nummern der Wagen, die nicht ins Dorf gehörten. Hatte er vor, seine Nachbarn anzuschwärzen, wenn er den begründeten Verdacht hegte, sie vermieteten Zimmer, ohne ein Gewerbe anzumelden? Sie wandte sich ab, verzichtete darauf, ins Bad zu gehen, und kroch ins Bett. Es wäre ihr lieber gewesen, sie hätte mit einem freundlicheren Gedanken einschlafen können als mit dem an ihren Wirt, den sie nicht nur auf einer niedrigen, sondern auch auf einer erniedrigenden Stufe des für ihn noch ungewohnten Konkurrenzkampfs beobachtet hatte.

In der Nacht hatte Bella einen wilden Traum, in dem ein Maler, der mit Jochen Giese keine Ähnlichkeit hatte, zum Bürgermeister gewählt worden war. Er fuhr in einem offenen Wagen mit wehenden weißen Haaren durch die Stadt, um den Hals ein blaues Tuch geschlungen. Menschen standen am Straßenrand, klatschten und versicherten sich gegenseitig: Er wird die Sache in Ordnung bringen. Seine Bilder sollen sehr schön sein. Im Halbschlaf hatte sie Verse ihres Großvaters im Kopf, aber nur die Melodie, die Worte fand sie nicht. Der Maler war kein Maler, sondern ein Dichter gewesen. Der Rat der Stadt hatte beschlossen, die Macht an die Poesie abzugeben.
Bella setzte sich auf und versuchte, Ordnung in ihre Gedanken zu bringen. Sie stellte fest, daß sie Lust hatte abzureisen und beschloß, die Sache so bald wie möglich hinter sich zu bringen. Der Theaterbesuch gestern abend war überflüssig gewesen. Sie hätte statt dessen in Gieses Restaurant essen und den Wirt ausfragen sollen. Nun mußte sie den Abend abwarten, um, ohne Verdacht zu erregen, dort auftauchen zu können.
Sie fand das Frühstück an seinem üblichen Platz, die Zeitung neben der Kaffeetasse. Ihre Wirtsleute zogen es vor, sich nicht sehen zu lassen. Bemerkenswerte Neuigkeiten gab es nicht. Ein wichtigtuender CDU-Abgeordneter hatte die Absicht, eine Diskussion über die Einführung von Dienstmädchen-Kleidung für Mädchen im freiwilligen Dienstjahr zu entfesseln. Da Bella annahm, daß alle Beteiligten dafür sein würden, fragte sie sich, wer das Problem diskutieren sollte. – Umfragen hatten ergeben, daß

der Hunger nach Westwaren nachgelassen habe, insbesondere bei Sekt, Schnaps und Bier. Vielleicht waren die Säufer hier klüger als woanders. – Auf der Lokalseite wurden verschiedene Veranstaltungen angekündigt, unter anderem ein Eintopf-Sonntag der Bundeswehr auf dem Gelände des ehemaligen Flugplatzes.

Der Flugplatz hatte in den Aufzeichnungen der Böhmer eine Rolle gespielt.

Sie beschloß, die Gelegenheit zu nutzen und sich das Gelände anzusehen, obwohl sie sich wenig davon versprach. Es wäre ihr recht gewesen, gleich dorthin gehen zu können. Aber es war erst Sonnabend. Sie beschloß, das Haus des Malers aufzusuchen, um zu sehen, ob er zurückgekehrt war. Sicher war es nützlich, ihn zu einem ausführlicheren Gespräch über seinen Vater zu verleiten, bevor sie den aufsuchte. Und was war eigentlich mit der Mutter? Niemand hatte sie bisher erwähnt.

Froh, für die nächsten Stunden ein Programm zu haben, verließ sie das Haus. Die Scheiben ihres Wagens waren vereist. Mühsam begann sie das Eis abzukratzen, hoffend, die Pensionsleute würden erscheinen und ihr ein geeignetes Werkzeug anbieten. Aber niemand zeigte sich.

Grauer Dunst, eine Art lockerer Nebel, lag über den Feldern. Der Himmel hing tiefgrau und niedrig darüber. Es war immer noch kalt, aber trüb und windstill.

Ein Wetter für Melancholiker, dachte Bella. Zur Bestätigung flog eine einzelne schwarze Krähe schwerfällig über den Acker. Erst in der Nähe der Stadt verschwand der Nebel und der stärker werdende Verkehr zerstörte die Stimmung. Sie ließ die Stadt zu ihrer Rechten unberührt. Auf dem Feldweg, der zum Haus des Malers führte, waren schon vom Auto aus Fußspuren zu erkennen, nicht nur ihre eigenen vom Abend zuvor. Die Haustür war geschlossen, gab aber unter ihrem Klopfen nach. Sie trat ein und sah sich um. Auf dem Ofen knäulte sich ein Paar. Sonst war der große Raum leer. Sie sah Jochen über den Haufen

Decken blinzeln, der ihn und die Frau auf dem Ofen umgab.
Komm her, sagte er, verschwand aber gleich wieder. Bella wandte ihm und dem Gewurstel auf dem Ofen den Rücken zu und begann, Bilder zu betrachten. Der Mann, der zwei Frauen verdiente, war noch nicht geboren.
Später saßen sie auf der Ofenbank, tranken West-Sekt, für Bella ein widerliches Getränk, das sie nur nahm, wenn nichts anderes zu bekommen war, und redeten. Jochens Freundin hieß Marion und war eine Malerin aus dem Nachbardorf. Er hatte sie besucht und bei ihr übernachtet. Sein Haus schlösse er nie ab. Bella fand das leichtsinnig, besonders, seit sein Brief an die Zeitung veröffentlicht worden war. Sie versuchte, der Unterhaltung eine politische Wendung zu geben. Ihre Gesprächspartner aber, das spürte sie schnell, hatten wenig Interesse daran. Wie sie vermutet hatte, war der Leserbrief nichts weiter als eine versteckte Drohung gegen den Vater gewesen. Sie mußte das Gespräch vorsichtig auf den Grund ihres Hierseins lenken, ließ den Namen Böhmer fallen, aber es gelang ihr nicht, irgendwelche brauchbaren Informationen zu bekommen.
Die Malerin versuchte Jochen davon zu überzeugen, daß er ausstellen müsse.
Du wirst verkaufen, sagte sie, neuerdings laufen hier überall Leute mit Geld rum. Die meisten haben keine Ahnung von Bildern, aber sie zahlen jeden Preis, wenn du ihnen weismachst, sie bekämen deine Sachen günstig. Auch die Museen in der Umgebung würden dich ausstellen.
Ich denk nicht dran, sagte Jochen. Das eine Mal hat mir gereicht. Ein Kaugummi, eine Zigarette und mehrere zerkratzte Oberflächen. Ich male nicht für Vandalen. Er hatte sich gleich nach der Wende an einer größeren Ausstellung ehemaliger DDR-Künstler beteiligt, in der ein paar aufgehetzte Besucher ihrer Wut freien Lauf gelassen hatten.

Früher haben sie die Kunst, die sie nicht verstanden haben, als entartet bezeichnet. Heute bearbeiten sie Bilder mit Nagelscheren und Kondensmilch. Für solche Leute male ich nicht, lieber will ich verhungern.
Bella fand seine Reaktion übertrieben. Überhaupt, dachte sie, was tue ich eigentlich hier? Laut sagte sie: Die Frau, die ich suche, war eine Böhmer. Die Böhmers waren Nachbarn deiner Eltern. Ich nehme an, sie hat sie besucht. Und jetzt ist sie verschwunden.
Das sieht ihm ähnlich, sagte Jochen, noch immer wütend über die Vandalen, die seine Bilder zerstört hatten. Wahrscheinlich hat er sie umgebracht. Hat sie Geld gehabt? Der Alte ist der raffgierigste Mensch, den ich kenne. Was interessiert dich diese Frau überhaupt? Vielleicht wollte sie ihr Elternhaus wiederhaben. Was glaubst du, wer hier plötzlich alles ankommt und sein beschissenes Elternhaus wiederhaben will. Hast du eigentlich schon gemerkt, daß du zur Besatzungsarmee gehörst? Gestern war ich im Rathaus, nichts als Westvisagen, jedenfalls in den oberen Rängen. Tippen dürfen unsere. Wie viele von euren Luschen wollt ihr uns eigentlich noch rüberschicken? Habt ihr immer noch welche, oder geht euch langsam der Vorrat aus? Glaubt ihr, wir merken nicht, was gespielt wird? Nein, sagte Bella, ich glaube, ihr merkt tatsächlich nicht, was gespielt wird. Oder wie erklärst du dir sonst, daß deine Landsleute sich das alles gefallen lassen?
Okay, Okay, war ja nur ein Versuch, dich aus der Ruhe zu bringen, sagte Jochen.
Irgendwann erklärte Marion, sie wolle gehen, bevor es dunkel würde. Bella bot ihr an, sie nach Hause zu fahren. Unterwegs fragte sie, weshalb Jochen Giese so wütend auf seinen Vater sei.
Keine Ahnung, sagte Marion. Soviel ich weiß, hat der ihn während der Studienzeit sogar unterstützt. Krach haben sie erst seit der Wende. Jochen fühlt sich manchmal wie der letzte Sozialist. Und sein Vater ist wirklich einer der

schnellsten Wendehälse hier gewesen. Irgendwelche konkreten Vorfälle gab's da sicher nicht. Hat er Ihnen auch den Kinderkalender vorgelesen?
Ja, sagte Bella, ich war beeindruckt.
Ich nicht, sagte Marion. Wenn meine Eltern und meine Großeltern nicht, bevor die Russen da waren, ein paar Handwagen voll Nazi-Kram in den Fluß geworfen hätten, was glauben Sie, was dann heute bei uns alles rumliegen würde. Mir wär's trotzdem egal. Meine Bilder werden davon weder besser noch schlechter. Jochen glaubt in Wirklichkeit an so Sachen wie Geschichte und Verantwortung. Er meint, man muß sich »verhalten«. Sehen Sie den einzelnen Baum da drüben?
Bella folgte mit den Augen ihrem ausgestreckten Arm. Auf dem verschneiten Feld zu ihrer Rechten stand auf einer kleinen Anhöhe ein sehr alter, ausladender Baum.
Ja, der, sagte Marion. Er soll an die dreihundert Jahre alt sein. In seinem Schatten haben Schweden, Dänen, Russen, Franzosen und wer weiß ich noch gelegen. Eine Zeitlang soll der Hügel als Hinrichtungsstätte gedient haben. Vermutlich haben in seinen Ästen Menschen gehangen. Im letzten Krieg sind dort zweimal standrechtliche Erschießungen vorgenommen worden. Vielleicht würde man Gräber finden, wenn man genauer nachsähe. In diesem Frühling sahen die Wiesen auf dem Hügel und der Baum unglaublich schön aus. Ich hab sie gemalt. Das ist die einzige Wirklichkeit, die zählt. Nichts, was mit Jochens »Geschichte« und »Verantwortung« zu tun hat, ist in der Lage, solche Schönheit zu schaffen. Im Gegenteil, was die Männer anfangen, bringt Zerstörung. Es ist geradezu aberwitzig. Hat er Ihnen von dem Fledermauskeller erzählt?
Bella schüttelte den Kopf.
Halten Sie da vorn, sagte Marion. Ich bin da zu Hause. In dem Dorf seiner Eltern gibt's dieses Fledermaus-Schutzgebiet, eins der letzten in Europa, die Tiere sind ja vom Aussterben bedroht. Ich hab mich mal eine Weile dafür

interessiert. Wissenschaft – wissen Sie, was im Namen der Wissenschaft mit ihnen gemacht worden ist? Angeblich, um herauszufinden, wie sie sich orientieren. Die Männer haben ihnen Maulklappen verpaßt, sie geblendet, ihnen die Ohren abgeschnitten, die Flügel unempfindlich gemacht – jede Quälerei, die Sie sich vorstellen können, alles im Namen der Wissenschaft. Und der Erfolg? In wenigen Jahren werden sie verschwunden sein, zumindest in Europa.
Bella hielt vor Marions Haus.
Männer, sagte sie, das ist wahr. Und jeder hat ein Weibchen an seiner Seite gehabt, das ihn für seine Arbeit fit gehalten hat.
Sie ließ Marion aussteigen, wendete und fuhr zurück in die Stadt. Sie hatte Kopfschmerzen vom Sekt und schlechte Laune. Die bekam sie immer, wenn sie ihre Zeit vertrödelte. Morgen früh, nach dem Gespräch mit Giese, würde sie Willy anrufen und ihre Rückkehr ankündigen.

Ihr Zustand war so, daß er annahm, die Gäste würden sie zumindest sonderbar finden. Der Tag war einigermaßen normal verlaufen. Dann, nach dem Essen, das sie immer spät einnahmen, weil sie vorher die notwendigen Vorbereitungen für die Abendküche traf, hatte er sie gebeten, in den Keller zu gehen, um nach dem Ständer für den Weihnachtsbaum zu sehen. Sie hatte sich geweigert, so daß er selbst hinuntergegangen war. Er nahm an, daß sie das Geräusch durcheinandergebracht hatte, das entstand, als er mit dem Eisenständer gegen die zweite Tonne stieß, die dort unten stand. Sie mußte es gehört haben, denn die Kellertür war offen, und als er zurück in die Küche kam, stand sie in der Ecke neben dem Herd und starrte ihm so entsetzt entgegen, daß er erschrak.
Er brachte sie nach oben, sprach beruhigend auf sie ein und gab ihr noch einmal zwei von den weißen Tabletten aus dem Badezimmerschrank. Sie legte sich ins Bett wie am Abend zuvor. Er sagte der Tochter Bescheid. Sie würde wieder früher kommen und ihm helfen. Dann blieb er an ihrem Bett sitzen, bis es zu dämmern begann. Sie schlief nicht. Hin und wieder sah sie ihn an, schweigend, und schloß wieder die Augen. Einmal klingelte unten im Restaurant das Telefon. Sie zuckte zusammen, blieb dann aber still liegen. Er ging nicht hinunter, sondern blieb neben ihrem Bett sitzen. Das Klingeln schien endlos, und die Stille danach war noch unangenehmer. Als er später das Zimmer verließ, spürte er, daß sie ihm nachsah. Unten schaltete er die Außenbeleuchtung ein und kontrollierte noch einmal im Restaurant die gedeckten Tische. Er

machte sich nichts aus Musik, aber er wußte, daß manche Gäste das Gedudel im Hintergrund gern hatten. Deshalb schaltete er die Anlage ein, die sie vor ein paar Monaten angeschafft hatten.

Nicht direkt klassisch, hatte der Verkäufer gesagt, aber auch nicht zu banal. So was mögen die Leute.

Er hätte gern »Heimat, Deine Sterne« auf dem Band gehabt, aber der Verkäufer, einer von diesen jungen Leuten, die alles wissen, aber von nichts Ahnung haben, kannte das Lied nicht. Als sie den Laden verließen, hatte seine Frau zu ihm gesagt: Dann hätte ich ihn ja auch fragen können, ob er den Linken Marsch dazunehmen könnte. Es war einer ihrer mißlungenen Witze gewesen. Sie konnte nicht witzig sein.

Als die ersten Gäste kamen, zwei junge Männer aus dem Dorf, die sich an den Tresen setzten und Bier bestellten, war er damit beschäftigt, nach den Kassetten mit Weihnachtsmusik zu suchen, von denen er wußte, daß er sie in eine der Schubladen hinter dem Tresen gelegt hatte. Eigentlich liebte er solche Gäste wie die beiden nicht. Sein Restaurant sollte nicht zu den Dorfkneipen gehören, an deren Theken die Einheimischen herumstanden und sich den ganzen Abend an einem Bier festhielten. Aber es war noch früh, und er würde schon einen Weg finden, die beiden wegzuschicken, wenn sie den Betrieb störten.

Wenig später kam eine Gruppe von Gästen, wie er sie gern hatte: drei Männer und drei Frauen, alle, zumindest die Männer und eine von den Frauen, aus dem Westen. Die beiden anderen Frauen waren Einheimische, die ältere kannte er vom Sehen. Sie hatte irgend etwas im Rathaus zu tun. Kurz nachdem die Leute gekommen waren, erschien noch ein verliebtes Pärchen, nicht mehr ganz frisch, aber teuer. Er schätzte, sie würden nach trockenem Wein fragen, was sie auch taten, und er war froh, sich inzwischen auf den Geschmack der Westler eingestellt zu haben. Die beiden würden es nicht bei einer Flasche bewenden lassen.

Schließlich kam auch noch die Frau, die vorgestern schon vormittags am Zaun gestanden und sich nach Wildgerichten erkundigt hatte. Wenn er mehr Zeit dazu gehabt hätte, wäre er ihr mit Mißtrauen begegnet und hätte sie schärfer beobachtet. Aber er kam nicht dazu. Es war zu viel zu tun, Gelächter und laute Reden erfüllten das kleine Restaurant. Die Männer aus dem Westen gaben eine Menge komischer Geschichten zum besten, die ihnen bei ihrer Fahrt durchs Land passiert waren. Es wurde nicht ganz klar, was sie eigentlich taten. Manchmal war von Krankenhäusern die Rede. Auf jeden Fall hatten sie reichlich Geld.

Bella saß allein an einem Tisch in der Veranda des Restaurants. Zuerst hatte sie dem Schnee zugesehen, der ruhig und dicht zur Erde fiel. Irgendwann spürte sie das, was sie bei sich »Moskauer Stimmung« nannte und wandte den Blick ab. Sie nahm den roten Dünndruck-Band mit Brecht-Gedichten in die Hand. Willy hatte die Möglichkeit angedeutet, daß die Gedichte Brechts, jedenfalls die, deren Inhalt politisch-sozialer Natur war, überholt sein könnten. Sie hatte sich daraufhin vorgenommen, die Angelegenheit zu überprüfen. Zumindest bis zur Hälfte des Buches konnte von »überholt« keine Rede sein.

Mit dem Wirt war jetzt kein Gespräch möglich. Sie wußte, daß sie warten mußte, bis die Gäste gegangen waren, um mit ihm zu sprechen. Deshalb ließ sie sich mit dem Essen Zeit, bestellte einen Wodka mit Orangensaft und einen zweiten und hörte zwischendurch den Besatzern zu. Nacheinander erfuhr sie, daß die Leute im Osten nicht arbeiten konnten, keine Führungsqualitäten besaßen, unterwürfig waren, nur zu Handlangerdiensten taugten und sich allesamt wie Spießbürger aufführten. Ihre Frauen verstanden es nicht, sich anzuziehen, die Studenten konnten nicht diskutieren, und die Ingenieure waren nur eine Art bessere Arbeiter. Jede dieser Erkenntnisse und noch ein paar andere dazu wurden von den beiden Ostfrauen mit Nicken, Quietschen und Lachen bestätigt. Es dauerte beinahe drei Stunden, bis die Bande von Dummköpfen aufbrach, um eine Nachtbar zu suchen. Selbst der Wirt, der sich bemüht hatte, seinen Gästen jeden Wunsch so schnell wie möglich zu erfüllen, schien froh zu sein, als sie verschwunden waren. Er ging an den Tisch der Verliebten, um sie nach ihren Wünschen zu fragen. Vielleicht fürchtete er, er habe ihnen zu wenig Beachtung geschenkt. Die beiden sahen ihn mit so abwesenden Blicken an, daß er beruhigt hinter den Tresen zurückging.

Erst als er von dort einen prüfenden Blick in den Raum warf, erinnerte er sich an die Frau auf der Veranda. Er kam sofort an Bellas Tisch. Gemeinsam besprachen sie das Essen. Sie entschied sich für Hirschkeule, und Giese empfahl ihr einen besonderen Rotwein.

Wenn Sie ein Glas mit mir trinken, sagte Bella. Sie sah seinem Gesicht an, daß er wenig Lust dazu hatte, aber er nickte und kam bald darauf mit dem Wein und zwei Gläsern zurück. Bella fand, daß er angespannt wirkte, und zwar nicht nur, weil er bis vor zehn Minuten anstrengende Gäste gehabt hatte.

Sie tranken sich zu. Der Wein war sehr dunkel und sehr schwer, Lot-Wein, wie Giese erklärte. Er begann eine umständlich angelegte Rede über die wunderbaren Möglichkeiten des Wein-Einkaufs nach der Wende, die Bella langweilte, noch bevor er die ersten Sätze formuliert hatte. Irgend etwas war mit dem Mann nicht in Ordnung. Während er sprach, schien es, als horche er auf ein Geräusch, das nicht zu hören war.

Bella mochte den Rotwein nicht. Sie hatte auch keine Lust, ihm länger zuzuhören. Sie hatte die Suche nach der Böhmer freiwillig aufgenommen und wurde dafür nicht bezahlt. Die Welt, in die sie dabei geraten war, war ihr fremd. Sie hielt sich nicht für fehlerfrei genug, um über

die Menschen hier ein abfälliges Urteil sprechen zu können. Sie hatte nur kein Interesse an ihnen, das war alles. Sie wollte zurück in ihr Arbeitszimmer und zu ihren Büchern und nicht mehr bedrängt werden von ungenauen Wünschen und Sehnsüchten und Erwartungen. Sie interessierte sich nicht für Wenden irgendwelcher Art. Und wenn die, deren Glück von so einer Wende abgehangen hatte, sich jetzt plötzlich im Unglück wiederfanden und zwischen den grölenden Horden der Besatzungsarmee, dann war ihr das egal. Sie schätzte die Kontinuität.
Es hatte sie Mühe gekostet, in ihrem Leben Kontinuität herzustellen. Olga, die Revolutionärin, die gesamten Umstände ihrer Kindheit und Jugend, ein großer Teil ihres Lebens bisher waren nicht dazu angetan gewesen, ein ruhiges, konzentriertes Leben zu führen. Was hatte sie verleitet, dieses Leben, das sie so schätzte, zu unterbrechen? Was ging sie die verschwundene Tochter einer Nazisse an? Was ging sie dieser Hanswurst an, der vor ihr saß und über Weine redete, sich mit Dingen spreizte, die er wahrscheinlich ein paar Tage zuvor von einem westdeutschen Wein-Vertreter zum erstenmal gehört hatte.
Departement Lot – hörte sie ihn gerade sagen, als sie ihn unterbrach, ungeduldig und leicht betrunken, aber sie war sicher, er würde davon nichts bemerken.
Sagt Ihnen der Name Böhmer etwas?
Sie war durchaus noch in der Lage, scharf zu beobachten. Der Mann vor ihr war vielleicht ein wenig überrascht, aber er war auf gar keinen Fall erschrocken oder beunruhigt.
Interessiert Sie nicht, mein Vortrag, was? sagte er freundlich. Natürlich sagt mir der Name etwas. Eine Familie Böhmer hat mal hier in der Nähe gewohnt. Aber das können Sie ja nicht wissen.
Ich weiß es trotzdem, sagte Bella. Ich such die Tochter.
Das ist komisch, sagte Giese. Die ist vor ein paar Monaten hiergewesen. Jetzt, nach der Wende, tauchen die alle

wieder auf. Ehrlich gesagt, wenn man die Leute wiedersieht, merkt man erst, wie alt man ist. Mit Christa Böhmer hab ich ja beinahe noch gespielt.
Beinahe?
Naja, ich bin ein paar Jahre älter. Wahrscheinlich fand ich es damals schon unter meiner Würde, mit Mädchen zu spielen. Sie hat mir erzählt, daß sie mich heimlich angehimmelt hat. Ich hab nichts davon bemerkt, leider.
Er lachte und schenkte noch einmal Rotwein ein, nur in sein Glas, denn Bella hielt die Hand über das ihre. Sein Gesicht war freundlich und unbefangen. Seine Hand zitterte nicht.
Ist Christa öfter bei Ihnen gewesen?
Sie sagte Christa, weil sie die Absicht gehabt hatte, sich als die Freundin der Verschwundenen auszugeben. Es war ihr inzwischen egal, wofür Giese sie hielt. Der Vorname gehörte zur Strategie von gestern.
Zwei- oder dreimal, antwortete er. Sie konnte nicht genug über die alten Zeiten reden. Manchmal kam sie mir ein bißchen merkwürdig vor, aber dann hab ich gedacht, es war ja auch nicht ganz leicht für die Leute, die ihre Heimat einfach so verloren haben, und ich hab ihr den Gefallen getan. Sie haben die Heimat verloren, aber die Zukunft gewonnen, sage ich immer. Wir haben die Heimat behalten. Das soll man nicht unterschätzen. Aber die Zukunft – das wird noch ein schönes Stück Arbeit kosten. – Wenn es überhaupt einer schafft, ergänzte er nach einer kleinen Pause.
Herr, was habe ich getan, um mir diesen Schwachsinn anhören zu müssen, dachte Bella. Laut sagte sie: Ich hab in ihrem Hotel nachgefragt. Sie ist einfach nicht wiedergekommen. Irgendwann hat man ihr die Sachen nachgeschickt. Wo kann sie geblieben sein?
Im Hotel? Versteh ich nicht, sagte Giese. Die Sachen waren noch im Hotel? Sie wollte von hier weiter nach Osten, wir haben noch gemeinsam überlegt, ob's in dem Ort – er

nannte ein kleines Seebad an der Ostsee – überhaupt schon wieder ein Hotel gibt. Ich bin eigentlich sicher, daß sie dorthin gefahren ist. Ihre Eltern müssen da ein Ferienhaus gehabt haben. Das wollte sie suchen. Hier hat sie sich jedenfalls verabschiedet.
Er sprach noch immer völlig unbefangen. Bella war plötzlich davon überzeugt, daß er mit dem Verschwinden der Böhmer nichts zu tun hatte.
Sie ließ sich den Namen des Seebads buchstabieren, eher aus Gewohnheit als in der Absicht, dorthin zu fahren. Das Essen brachte ihr die junge Frau, die schon die anderen Gäste bedient hatte. Giese entschuldigte sich und stand auf. Während sie lustlos aß, wusch er Gläser ab. Er hielt jedes einzelne gegen das Licht, wenn er es abgetrocknet hatte. Der obere Teil der Schwingtür bewegte sich, aber nicht zum Raum hin, sondern nach innen, zum Flur. Die Tür wurde langsam nach innen gezogen. Da der Hintergrund nicht beleuchtet war, sah Bella das Gesicht der Frau erst ziemlich spät. Es war ein weißes, großflächiges Gesicht mit weit aufgerissenen Augen und einer aufgerissenen, dunklen Mundhöhle. Als hätte Edvard Munch sie in die Tür gemalt, dachte Bella.
Wie schmeckt Ihnen das Essen, fragte Giese von der Theke her. Er stand mit dem Rücken zur Schwingtür und sah das Gesicht nicht.
Danke, ich bin fertig, mein Appetit war kleiner, als ich gedacht habe, antwortete Bella.
Wie ist es mit einem kleinen Apricot Brandy zum Nachtisch?
Die Hand der Frau in der Tür fuhr zum Mund. Die Tür schwang zurück. Das Gesicht verschwand.
Danke, nein, ich kann das Zeug nicht ausstehen, antwortete Bella. Ich würde gern zahlen.
Die junge Frau kam aus der Küche und sprach leise mit ihrem Vater. Ist nicht nötig, hörte sie Giese sagen, sie

schläft. Komm morgen früh, dann weiß ich, ob es ihr wieder bessergeht. Gute Nacht.
Die Frau ging hinaus. Sie benutzte dafür die Schwingtür. Soweit Bella sehen konnte, war der Raum dahinter leer.
Giese kam mit der Rechnung an ihren Tisch.
Grüßen Sie Christa von mir, sagte er. Sie soll sich mal wieder melden, wenn sie in der Nähe ist. Er war vollkommen unbefangen.
Seien Sie draußen vorsichtig, sagte er, während er sie an die Tür begleitete, der Weg ist nicht besonders gut beleuchtet, und es liegt ziemlich viel Schnee.
Bella ging über den sorgfältig gefegten Plattenweg. Als sie sich umsah, sah sie durch die beleuchtete Veranda in das Innere des Restaurants. Giese stand neben dem Tisch, an dem die Verliebten saßen, und sprach mit ihnen. Ein friedliches Bild. Die übrigen Fenster im Haus waren dunkel.
Die kalte Luft trug dazu bei, daß ihr Kopf wieder klar wurde. Wenn sie den Kopf der Frau in der Schwingtür nicht gesehen hätte, wäre ihr seine Unbefangenheit natürlich vorgekommen. Sie hätte darüber vergessen, wie unruhig er am Beginn ihres Gesprächs nach hinten gelauscht hatte. Vielleicht hatte er gefürchtet, seine Frau würde sich sehen lassen. Eigentlich war er erst ruhig geworden, als sie den Namen Christa Böhmer erwähnt hatte. Erst da gab er sich plötzlich als der souveräne Mann, der über sein Älterwerden philosophierte und über der Deutschen Lieblingswort: HEIMAT.
Ihr wurde klar, daß die Angabe, die Böhmer sei weitergereist, sehr wohl ein Ablenkungsmanöver sein konnte. Sollte sie ihm den Gefallen tun, in den Ort zu fahren, den er genannt hatte?
Diesmal war die Gaststube noch beleuchtet, als sie ihre Pension erreichte. Sie würde die Gelegenheit nutzen, den Wirtsleuten zu sagen, daß sie vorhatte, am nächsten Tag abzureisen.

Verwandte, hörte sie den Wirt sagen, als sie die Tür öffnete, Verwandte sind das nicht. Die vermieten, sag ich dir. Er unterbrach seine Rede, als Bella eintrat, und sah ihr entgegen. Auch seine Frau wandte sich um. Es gab kein anderes Wort als »mißtrauisch« für die Blicke der beiden. Bella war unangenehm berührt. Hoffentlich hatte nicht schon wieder jemand die Zeche geprellt, und sie mußte den Ärger der Wirtsleute ausbaden. Sie bat um ein Bier, was sie eigentlich gar nicht beabsichtigt hatte, und setzte sich zu den beiden. Die Zeche geprellt hatte niemand, um Geld ging's trotzdem. Das Gasthaus war schon seit zwei Generationen in der Familie. Am Haus waren größere Reparaturen vorzunehmen. Eine Zentralheizung mußte eingebaut werden.
Jeden Morgen muß die Frau um fünf raus, um den Ofen im Keller anzumachen, sagte der Wirt. Seine Stimme war so weinerlich, als hätte er selbst jeden Morgen die Mühen des Feueranmachens in dem eiskalten, feuchten Haus auf sich genommen.
In der DDR war das Gasthaus gesellschaftlicher Mittelpunkt des Dorfes gewesen. Der Gemeinderat hatte hier getagt, Taufen, Jugendweihen, Beerdigungsessen, Tanz, hin und wieder sogar ein wissenschaftlicher Vortrag, organisiert von den LPG-Bauern, hatten dafür gesorgt, daß die Wirtsleute gut verdienten und geachtet waren. Jetzt kamen die Dorfbewohner nicht mehr. Die Jugend fuhr in die Kreisstadt. Jeder hatte ein Auto. Viele hatten keine Arbeit mehr. Für Gäste von weiter her war der Komfort nicht ausreichend. Die Bank gab keinen Kredit, weil kein Geld zu erwarten war, um ihn zurückzuzahlen. Sie waren am Ende. Es brauchte sicher noch ein paar Tage oder Wochen, bis sie es sich selbst eingestehen würden, aber sie waren am Ende. Bella war davon überzeugt, daß am Tag, als die Mauer fiel, in diesem Gasthaus das Bier in Strömen geflossen war. Sie unterdrückte den Impuls, danach zu fragen, und gab statt dessen ihre Absicht bekannt, am nächsten Tag

abreisen zu wollen. In das erschrockene Gesicht der Wirtin hinein versicherte sie, sie wolle selbstverständlich kein Geld zurückhaben.
Der Wirt bot an, ein Bier auszugeben, »auf Kosten des Hauses«, und schien gekränkt, als Bella sagte, lassen Sie mal, das Haus hat schon genug Kosten. Sie hatte einfach keine Lust mehr, in der trostlosen Gaststube zu sitzen, zusammen mit zwei Verzweifelten, die ein ungeliebtes politisches System vierzig Jahre lang vor dem Schicksal, heruntergekommene Kleinbürger zu werden, bewahrt hatte. Noch weigerten sie sich, zu begreifen, daß das System, das sie mit aller Kraft herbeigesehnt hatten, sie auf den Platz zurückstoßen würde, den es für Menschen ihrer Art vorsah: nach unten.
Sie stand auf, versicherte, daß sie am nächsten Tag sehr gern lange schlafen würde, um der Wirtin anzudeuten, sie brauche nicht schon um fünf den Ofen anzuheizen, und ging. Oben stellte sie sich, wie an den vorangegangenen Abenden, eine Weile im Dunkeln ans Fenster. Kein Mond, keine Sterne, aus irgendeinem Grund brannte nur jede zweite Laterne an der Dorfstraße. Hinter der Gardine im Fenster der alten Frau gegenüber war ein dünner rosa Lichtschein zu erkennen. Alle anderen Fenster waren dunkel. Das Dorf war wohl wirklich vergessen.
Bella war fest entschlossen, am nächsten Tag abzureisen. Je länger sie darüber nachdachte, desto sinnloser schien ihr der Aufenthalt hier. Es kam ihr vor, als hätte sie die Absicht gehabt, Schicksal zu spielen in einer vollkommen aussichtslosen Situation. Was die Menschen taten, die Leiden, die sie sich und anderen zufügten, war nicht losgelöst von der geschichtlichen Situation, in der sie sich befanden. Wenn dieser Giese etwas mit dem Verschwinden der Böhmer zu tun hatte, dann hatte er einen Grund gehabt, sie verschwinden zu lassen. Dieser Grund konnte darin liegen, daß ihre Anwesenheit die Regeln verletzt hatte, nach denen er leb-

te, und er lebte nach den gleichen Regeln wie alle anderen: Geld verdienen, Ansehen erwerben, Familie haben, sich etwas leisten, keine Moral. Sie war sicher, auch die Böhmer hatte so gelebt. Es gab einen kleinen Teil Menschen mit besonderen Bedürfnissen: Macht, zum Beispiel, oder Kunst. Zu denen gehörte Giese nicht. Was hatte die Böhmer gewußt, das ausgereicht hätte, die einfachen und allgemeinen Regeln zu bedrohen, nach denen er sich richtete?
Nach denen er jetzt endlich leben konnte, dachte Bella, so würde er selbst sagen. Kann es sein, daß er sie gefürchtet hat, obwohl von ihr keine Gefahr ausging? Konnte es sein, daß der Opportunist Giese, noch nicht wirklich vertraut mit den Regeln des neuen Systems, ein schlechtes Gewissen gehabt hatte, ohne daß es nötig gewesen wäre?
Bella lag lange wach, schlief spät ein und schlief tatsächlich so lange, wie sie der Wirtin angekündigt hatte. Sie wurde erst wach, als an ihre Tür geklopft und sie ans Telefon gerufen wurde. Willy teilte ihr mit, die Böhmer habe angerufen. Ihre Tochter sei wieder da. Bella möge die Suche einstellen. Außerdem ließe Olga grüßen und fragen, wann Bella zurückkäme.
Und ich frage auch, sagte Willy, ohne Sie ist das Haus hier leer und langweilig.
Bella brauchte einen Augenblick, um die Mitteilung zu begreifen.
Hat sie wirklich gesagt, ihre Tochter sei wieder da?
Also, genau gesagt hat sie, sie habe von der Tochter gehört, sagte Willy. Am Telefon, glaube ich.
Wann? Von einem Mann oder von einer Frau?
Gestern abend, von wem, hat sie nicht gesagt, sagte Willy. Ich kann nachfragen, wenn Sie wollen, und Sie noch einmal anrufen.
Hat sie selbst mit ihrer Tochter gesprochen?
Das nicht, sagte Willy. Soll ich nachfragen, wer sie angerufen hat?

Nein, sagte Bella, das ist nicht nötig. Ich werde noch ein oder zwei Tage brauchen, höchstens zwei. Bitte rufen Sie Olga an und bestellen Sie Grüße. Und sie möchte darüber nachdenken – ach nein, lassen Sie nur, sagte Bella, weshalb sollen wir sie beunruhigen.

Sprechen wir darüber, wenn Sie zurück sind? wollte Willy wissen.

Natürlich, sagte Bella, sobald ich mich erholt habe. Ich nehme an, daß die Tochter der Böhmer tot ist. Und dann wird es ihr irgend jemand sagen müssen.

Sie legte auf, lief die Treppe hinauf, um sich zu waschen und anzuziehen, und erschien eine Viertelstunde später zum Frühstück. Vorher ging sie hinaus, um die Reisetasche in den Wagen zu stellen. Der Wirt stand vor der Tür und beobachtete sie dabei. Als sie ihn nach einem Schaber fragte, mit dem sie das Eis von den Fenstern kratzen könnte, erbot er sich, die Sache zu erledigen, während sie frühstückte. Bella hatte den Eindruck, er wollte sie so schnell wie möglich abreisen sehen.

Wenig später war sie auf dem Weg in das Ostseebad, das Giese ihr genannt hatte. Sie wollte sichergehen, daß die Böhmer dort nicht gewesen war. Das Hotel war leicht zu finden, ein ehemaliges Kinderferienlager, etwas außerhalb des Ortes und direkt am Strand. Eine ältere Frau war damit beschäftigt, den Raum zu säubern, der früher vermutlich als Eßraum gedient hatte. Bella fragte nach dem Besitzer und wartete, während sie es vermied, die Gewehrattrappen an den Wänden anzusehen. Der Blick aus den Fenstern auf die vereiste Ostsee und den hellen Sandstrand war sehr schön.

Der Mann kam, offenbar ein ehemaliger Zuhälter, der gleich nach der Wende die einfachen Baracken für wenig Geld erworben hatte. Seine Bemühungen, einen wohlsituierten und ehrbaren Hotelbesitzer darzustellen, wirkten sehr komisch. Zuvorkommend ging er mit Bella die Anmeldungen vom Sommer durch. Sie glaubte ihm

aufs Wort, daß sich bei ihm alle Gäste anmelden mußten.
Nicht, daß mir hier einer mit der Sore durchgeht, sagte er, ich meine, ein Kollege von der Côte d'Azur, mit dem ich vor kurzem telefonierte, hat mir unglaubliche Sachen erzählt.
Ja, sagte Bella, das hab ich auch schon gehört. An der Côte d'Azur geschehen unglaubliche Dinge.
Sie stellten fest, daß die Böhmer nicht hiergewesen war. Sie können jederzeit ein Appartement haben, sagte der Mann neben ihr. Wir haben auch im Winter geöffnet. Bella fand, daß er zwei Zentimeter zu dicht neben ihr stand. Alles renoviert, eigenes Bad, hundertsechzig Mark die Nacht.
Ja, sagte Bella, so ändern sich die Zeiten. Die Tochter meiner Freundin ist mal für dreißig Mark vierzehn Tage in diesem Kinderferienlager gewesen. Und der Ausblick war der gleiche.
Sie bedankte sich für die Auskunft und ging. Sie hatte keine Ahnung, ob sie noch eine Nacht in der Gegend bleiben mußte, aber wenn, dann bestimmt nicht in diesem Etablissement.

Es schien ihr, als habe sie ihr ganzes Leben in einem dumpfen, unklaren Zustand verbracht und als sei die große Klarheit erst seit ein paar Stunden über sie gekommen. Die ganze Nacht lang, während sie neben ihm lag und darauf wartete, daß er einschlief, hatte sie versucht, sich zu erinnern. Sie ist nur acht Jahre zur Schule gegangen, aber weshalb? Wegen der Träume, hat ihr Vater gesagt, du träumst so schwer. Ja, sie träumte schwer, immer von der Pistole und der großen, schwarzen Schlucht. Aber verließ man die Schule wegen schwerer Träume? Sie hat gearbeitet, zuerst in einem Laden, dann in einer Fischfabrik. Qualifizieren sollte sie sich. Aber warum? Wie lange ist das her? Bis der Junge geboren wurde, hat sie dort gearbeitet. Er hat sie gefragt, ob sie ihn heiraten will. Weshalb sie und keine andere? Ihr Vater und ihre Mutter haben ihn nicht gemocht. Der Fischgeruch ist erst nach Monaten aus ihren Haaren verschwunden. Weshalb hat er eine genommen, die nach Fisch riecht, wo er doch jede andere haben konnte.
Der Vater ist gestorben. Wie lange ist das her? Im Sommer ist es gewesen, in irgendeinem Sommer. Vielleicht ist es schön, im Sommer zu sterben. Da war die Tochter schon groß. Sie ist im Sommer geboren. Lange zur Schule gegangen, länger als acht Jahre. Weshalb arbeitet sie jetzt hier. Sie hat doch etwas anderes gelernt, oder sie hat studiert. Sie wollte immer studieren. Der Sohn nicht. Er ist ihr böse. Aber warum? Das muß er verstehen, daß eine Frau zu ihrem Mann gehört, in guten und in schlechten Zeiten. Bis der Tod euch scheidet.

Ganz deutlich sieht sie sich die Treppe hinuntergehen. Sie sieht die Socken an ihren Füßen, die sie im Bett anbehalten hat, und den Saum des Nachthemds darüber. Dieses Haus kennt sie im Schlaf. Wie sicher die Frau mit den dikken Socken an den Füßen sich im Haus bewegt, ohne das Licht anzumachen. Das Seil ist nicht mehr steif. Die Treppe hinauf? Weshalb soll sie ihn noch einmal ansehen. Er würde aufwachen und sie fragen. Was soll die Frau antworten, die dann vor seinem Bett steht, im Nachthemd, den Schlitten in der Hand. Die Frau geht zur Tür hinaus, über den Plattenweg. Auf dem wird sie keine Abdrücke hinterlassen. Wie der Besen über die Steine geschurrt ist. Diese Kinder sind nicht ihre Kinder. Sie sind Erwachsene. Sie werden nicht weinen. Wann sind sie Fremde geworden?

Der Frau, die da geht, ist nicht kalt. Sie zieht den Schlitten hinter sich her, den sie brauchen wird, um sich zu töten. Sie wird auf dem hochgestellten Schlitten stehen, das Seil über einen Ast werfen, eine Schlinge knoten, die Schlinge um ihren Hals legen und dann den Schlitten umstoßen. Sie wird das Bild der Frau im Baum auf dem Hügel über dem Bierkeller nicht sehen, obwohl es das einzige ist, das sie seit Tagen vor ihren Augen hat.

Sie nimmt den Weg, den sie geht, nicht wahr. Sie hat kaum noch Zeit, sich zu erinnern. Die große Klarheit in ihrem Kopf läßt sie den Weg sehen, wie er gewesen ist: im Frühling die gelben Sumpfdotterblumen am Rand des Grabens, im Sommer die schwarzen Kirschen im Staub, im Herbst die geflügelten Samen der Ahornbäume. Einmal, als Kinder, bleiben sie im Schnee stecken, der höher ist als sie selbst, und sie haben Mühe, die Milchkannen in ihren Händen vor dem Auslaufen zu bewahren. In den Sommern sind Erdbeeren in den Gräben gewachsen. Stundenlang bleiben sie vor einem Hornissennest sitzen. Sieben Stiche töten ein Pferd. Der Weg führt an den Strand. Ohne Sandalen im Sand, und das Mark der Binsen können sie essen. Der Rhabarbersaft in den Glasflaschen hat eine zartlila Farbe, wie die Sterne in den durchsichtigen, schwebenden Quallen. Erdbeersaft – wie lange kann man warten, bis endlich das Verlangen zu trinken zu groß wird, bis der Verschluß der Flasche geöffnet, die Flasche an den Mund gesetzt wird? Kleiner Geruch von Gummi neben dem Nasenloch, roter Gummiring. Wir haben eine Decke auf den schrägen Sand gelegt. Nichts ist über uns, nur die silbernen Blätter der Pappeln, der blaue Himmel. Die kleine Wolke da hinten – wir wissen, wie lange wir brauchen, um vor dem Gewitter zu Hause zu sein. Wir laufen durch den dunklen Himmel, vorbei an den alten Bäumen des Bierkellers. Da hängt eine Frau im Wind.

Als man die alte Frau gefragt hat, ob sie am Abend beim Fest des Rates der Stadt im Theater-Restaurant die Garderobe betreuen will, hat sie ja gesagt. Sie ist müde, die Knochen tun ihr weh, das Kreuz ist nicht in Ordnung. Aber ihre Rente ist nicht hoch. Das Hotel soll geschlossen werden. Die Zimmer entsprechen nicht den Wünschen der Herren mit den steifen Aktentaschen. Wenn es umgebaut wird, kann das Jahre dauern. Sie werden für die Garderobe eine Junge einstellen. Neue Zeit – neue Zimmer – neue Frau, das ist klar. Sie wird das Geld brauchen, das sie bis dahin noch verdienen kann. Der Rat der Stadt hat das Restaurant des Theaters für seine Feier genommen. Der Weg dorthin ist für die alte Frau doppelt so weit wie der zum Hotel. Sie wird mit dem Bus hinfahren. Für das Fahrrad liegt zuviel Schnee. Vielleicht findet sie jemanden, der sie nach Hause mitnimmt, wenn die Arbeit beendet ist.
Als sie eine Stunde vor Dienstbeginn aus dem Bus klettert und zum Theater hinübergeht, sieht sie Licht im Restaurant. Schön, daß sie nicht warten muß, bis die Kellner kommen, der Koch oder die Mädchen, die bedienen. Im Theater-Restaurant sind bestimmt zehn oder zwanzig Menschen beschäftigt. Sie wird nicht allein sein an diesem Abend. Sie freut sich, denn sie kennt ein paar von den Mädchen, die dort arbeiten, und auch die Leiterin, eine tüchtige Person.
Als sie den Vorraum des Restaurants betritt, bleibt sie stehen. Rechts, etwas weiter hinten, liegt ihr Arbeitsplatz. Sie kennt sich aus, denn sie hat hier hin und wieder auch frü-

her schon ausgeholfen. Die roten Samtvorhänge sind noch zugezogen. Das dunkle Holz der Tischplatte glänzt. Links ist das Zimmer der Leiterin, dahinter liegen die Türen zur Küche und zum Restaurant. Sie hat erwartet, die Türen offen zu finden, Geräusche aus der Küche und aus dem Restaurant zu hören. Es ist alles ruhig. Nur die Tür zum Zimmer der Leiterin steht halb offen. Es sind Menschen hinter der Tür. Die Alte macht ein paar Schritte und stößt die Tür ganz auf. Die ganze Belegschaft ist versammelt. Die Leiterin steht hinter dem Schreibtisch und hält ein Stück Papier in der Hand. Vielleicht hat sie gerade daraus vorgelesen. Niemand sagt ein Wort. Die Leiterin sieht ihr entgegen.
Komm rein, Oma Günther, sagt sie, freundlich wie immer, aber mit einer anderen Stimme als sonst, nehmen Sie sich einen Stuhl.
Was ist los, fragt die alte Frau.
Niemand antwortet. Schließlich sagt der Koch, er ist mit ihrem Enkel zur Schule gegangen, frech war der Bengel, soll aber jetzt sehr tüchtig sein: Der Rat der Stadt teilt uns mit, daß wir entlassen sind. Ob und wann man woanders für uns eine Verwendung hat, wird später entschieden.
Was für ein Quatsch, sagt die Alte, sie können euch doch nicht entlassen. Wer soll denn dann das Restaurant betreuen.
Das Restaurant wird geschlossen, sagt die Leiterin. Und jetzt wird es Zeit, daß wir anfangen. Geht an die Arbeit, bitte.
Ohne ein Wort der Erwiderung verlassen sie das Zimmer. Die Alte bleibt noch einen Augenblick sitzen, bevor sie geht. In der Garderobe zieht sie die Samtvorhänge auf, kontrolliert die Nummernschilder an den Haken der Garderobenständer, stellt eine kleine Schale für das Trinkgeld auf die Tischplatte, räumt im Hintergrund einen Stuhl frei und trägt ihn nach vorn. (Früher hat sie ihren Ehrgeiz dareingelegt, den Abend ohne Stuhl zu bewältigen. Das tut sie jetzt

nicht mehr.) Sie verrichtet ihre Arbeit anders als sonst, mechanisch. Obwohl sie von der Entlassung nicht betroffen ist, sie hilft ja nur aus, ist eine Bedrohung von den Worten der Leiterin ausgegangen, die ihr zu schaffen macht. Wenn sie so viele Leute entlassen, die alle noch jung sind, gut, die Leiterin ist vielleicht schon fünfzig, aber wie tüchtig ist sie, und die Mädchen, das sind doch alles noch Lehrlinge, der Koch wird vielleicht eine andere Arbeit finden, aber wer soll denn noch essen gehen, wenn sie kein Geld mehr verdienen, wenn sie so viele junge Leute entlassen, dann haben sie sie bestimmt nur vergessen. Oder sie kommt morgen vormittag ins Hotel, und dieses dumme Ding vom Empfang gibt ihr den Brief. Oder sie liest ihn ihr vor.

Sie sieht sich ganz deutlich im Foyer des Hotels stehen, an der Rezeption lümmelt sich ein Haufen von diesen Kofferträgern, und sie steht da – nein, sie wird sich in einen Sessel setzen, wenn sie kommt. Sie wird sich nicht still in ihrer Garderobe verkriechen. Sie wird sich in einen der Ledersessel setzen und warten. Man wird sehen, was geschieht. Sie hat in diesem Hotel zwanzig Jahre gearbeitet. Morgen wird sie sich in den dicksten Ledersessel setzen und sehen, was passiert.

Auf dem Stuhl in der Garderobe sitzend, malt sie sich den kleinen Aufstand aus, der entstehen wird, wenn sie auf dem Sessel sitzt, auf den sie nicht gehört. Sie ist so in Gedanken versunken, daß sie vergißt, aufzustehen, als die ersten Gäste kommen. Sie entschuldigt sich und beginnt ihre Arbeit beinahe fröhlich.

Als der erste Ansturm der Gäste vorüber ist, sitzt sie auf ihrem Stuhl und ärgert sich darüber, daß die Leute, die sie von früher kennt, plötzlich so getan haben, als wäre sie gar nicht vorhanden. Trotzdem: die alten und die neuen Mitglieder des Rats sind leicht auseinanderzuhalten, schon an den Frauen. Die von hier bringen ihre feinen Schuhe im Beutel mit und geben die Straßenschuhe an der Garderobe ab. Die anderen fahren vor, oder sie erfrieren sich die Füße, je nachdem.

Manchmal kommt eins der Mädchen aus dem Restaurant zu ihr in die Garderobe, später, als der Lärm drinnen zunimmt, weil viel getrunken wird. Dann versucht sie, zu trösten und Mut zu machen. Die Mädchen sind jung, sie werden etwas Neues finden, auch wenn sie die Lehre noch nicht beendet haben. Ihre eigene Angst kommt ihr dann kleinlich vor. Sie ist alt, sie hat ihr Leben gelebt, aber die hier? Sie tröstet und baut Luftschlösser, aber manchmal legt sie plötzlich die Hände in den Schoß und sagt: Ach, Kind, ich weiß auch nicht.
Gegen Mitternacht wird es im Saal so laut, daß sie hinter der Garderobe hervorkommt und durch einen Spalt der angelehnten Tür in den Saal sieht. Die da drinnen sind dabei, sich zu einer Polonaise zu formieren. Die ersten Paare haben sich die Hände auf die Schultern gelegt und steigen über Tische und Stühle, belacht und angefeuert.
Die Kette wird schnell länger, Stühle fallen um, es wird gesungen und geklatscht von denen, die noch beiseite stehen und zusehen. Die Alte lehnt die Tür wieder an und geht zurück in die Garderobe. Die Leiterin kommt aus ihrem Büro, vielleicht ebenfalls vom Lärm da drinnen angelockt. Sie bleibt neben der Garderobe stehen.
Was ist denn da los, sagt sie, als die Tür zum Saal auffliegt und der Kopf der Polonaise erscheint, grölend und trampelnd eine Runde durch den Vorraum macht und, einen endlosen Schwanz von kreischenden Menschen hinter sich herziehend, wieder im Saal verschwindet. Die Alte ist aufgestanden und sieht zu.
Auf der Heide steht ein kleines Blümelein und im Westerwald schwarzbraun ist die Haselnuß vom Polenmädchen.
Das war's dann wohl, sagt die Leiterin, als die letzten Paare hinter der Saaltür verschwunden sind. Wenn Sie viel Zeit haben, Oma Günther, dann machen Sie sich doch den Spaß, bei denen von uns mal die Revers nachzusehen. Es sind einige dabei, die müßten noch Löcher drin haben. Sie geht in ihr Büro und schließt die Tür hinter sich. Die Alte

165

überlegt einen Augenblick, bevor sie sich zurück auf ihren Stuhl setzt. Soll sie gehen? Sie hat keine Lust mehr, diesen Leuten ihre Mäntel zu geben und den Frauen die Schuhe.
Plötzlich fühlt sie sich fremd, sogar ein wenig beschämt, als wäre sie bei einem unkorrekten Verhalten erwischt worden. Es geschieht etwas, das sie nicht versteht und das sie auch nicht verstehen will. Sie sieht auf die Uhr an ihrem Handgelenk. Wenn sie sich beeilt, erreicht sie den letzten Bus noch. Aus dem Saal kommt ein betrunkener Mann an die Garderobe getorkelt. Sie steht auf, nimmt ihre Tasche unter dem Tisch hervor und verschwindet im Hintergrund. Der Mann bleibt einen Augenblick stehen und torkelt dann zur Tür hinaus. Sie findet ihren Mantel, zieht ihn an und verläßt die Garderobe. Die Tür zum Büro der Leiterin ist noch immer verschlossen. Sie klopft und öffnet die Tür.
Ich gehe, sagt sie. Die Frau hinter dem Schreibtisch nickt. Gehen Sie nur, sagt sie. Sie hat rote Ränder um die Augen, aber ihre Stimme ist freundlich und vollkommen beherrscht. Ich laß eins von den Mädchen die Mäntel ausgeben. Gute Nacht.
Die Alte schließt die Tür und wendet sich zum Gehen. Draußen steht der Betrunkene und kotzt in den Schnee.

Giese hat einen Fehler gemacht, dachte Bella, mehrere wahrscheinlich, aber einen entscheidenden: Er hat geglaubt, er kann mich täuschen. Sie verspürte noch immer wenig Lust, ihm den Mord nachzuweisen. Aber er sollte nicht glauben, daß er sie an der Nase herumführen könnte. Fast tat er ihr ein wenig leid, als sie daran dachte, daß er nicht gewußt hatte, mit wem er es zu tun bekam. Jedenfalls hat er begriffen, daß ich nicht so harmlos bin, wie ich aussehe, dachte sie, sah in den Rückspiegel und fand sich absolut nicht harmlos aussehend. Sie grinste sich zu. Vielleicht hatten ihn die weißen Haare getäuscht. Sie beschloß, wenn sie zu Hause war, ihre Haare rot färben zu lassen. Es war unfair, andere Menschen zu täuschen. Einen kleinen Augenblick lang überlegte sie, ob sie den Maler noch einmal besuchen sollte. In gewisser Weise hatte sie auch ihn getäuscht. Er würde, trotz seiner Wut auf den Vater, nicht erfreut darüber sein, wenn er erführe, was geschehen war.
Was ist denn eigentlich geschehen, Bella Block, fragte sie sich. Wenn sie aufrichtig war, hatte sie auch jetzt noch nur Vermutungen. Aber sie spürte jenes zuversichtliche Gefühl, das sie kannte, das sich immer dann einstellte, wenn sie der Lösung eines Falles nahe war. Merkwürdigerweise empfand sie diesmal keine Trauer, die sich sonst gleichzeitig einstellte. Nicht Trauer, sondern Neugierde spürte sie; Neugierde auf eine merkwürdige Weise, so, als erhoffte sie sich von der Aufklärung des Mordes an der Böhmer gleichzeitig Aufklärung über Beweggründe für Taten ganz anderer Art. Darüber war sie erstaunt, aber auch erfreut.

Die alte Erregung, die mit ihrem Beruf verbunden gewesen war, deretwegen sie ihn gewählt und die sie im Laufe der Jahre verloren hatte, war zurückgekehrt. Sie hatte immer wissen wollen, weshalb die Menschen so lebten, wie sie lebten, leidend an sich selbst und an anderen. Was war besser geeignet, als die Motive kennenzulernen, mit denen sie sich gegenseitig umbrachten, um herauszufinden, woran sie litten.

Manche Männer gaben sich wie Sieger, ohne zu wissen, daß der Tod derer, die sie besiegt hatten, ihre größte Niederlage war. Zu denen würde Giese nicht gehören. Bella hatte das sichere Gefühl, daß er sich im Augenblick des Erkanntwerdens in einen jammernden Haufen Unglück verwandeln würde. Sie ekelte sich schon jetzt vor dieser Situation.

Sie versuchte, sich an das Verhalten der Frauen zu erinnern, die sie als Mörderinnen überführt hatte. Es waren wenige, statistisch machte ihr Anteil etwa zwölf Prozent aus, sie selbst hatte vier Frauen erlebt, die getötet hatten. Das waren auf jeden Fall weniger als zwölf Prozent gewesen. Sie waren ihr jedesmal wie versteinert erschienen, selbst die, die geredet hatten, waren wie Steine gewesen. Sie fühlten sich schuldig, erstarrt unter der Last ihrer Schuld. Man konnte zusehen, wie sie unter der Last ihrer Schuld in sich zusammenkrochen, bis nichts mehr übrig war als ein versteinerter Klumpen Mensch. Manchmal hatte sie sich gewünscht, die Frauen würden sich anders verhalten, aggressiv, anklagend. Wozu sie allen Grund gehabt hätten. Das war nie geschehen.

Auch einer der Gründe, weshalb ich's in dem Beruf nicht mehr ausgehalten habe, dachte Bella, erinnere dich daran, bevor du anfängst, wieder Gefallen am Detektivspielen zu finden.

Sie hatte inzwischen die Stadt umfahren. Unterwegs waren ihr nur wenige Fahrzeuge begegnet, jetzt, nachdem sie über eine Brücke gefahren war und auf der anderen Seite

des Flusses den Weg in Richtung Flugplatz eingeschlagen hatte, wurden es mehr. Sie war froh darüber. Wäre sie allein gewesen, hätte sie angenommen, sie habe den falschen Weg eingeschlagen. Wassergefüllte Schlaglöcher mit den Ausmaßen kleiner Seen machten die Straße beinahe unpassierbar. Hinter einem hohen Drahtzaun erkannte sie das Lager, das die Stadt ihren ausländischen Gästen gebaut hatte. Pfützen umgaben die Baracken. Niemand zeigte sich an den Fenstern oder vor den Türen. Gleich daneben begann der Müllberg, den sie auch aus der Zeitung kannte. Die Wirklichkeit war beklemmender als das Foto. Aasgeier in Gestalt von Möwen und Raben zu Zehntausenden hielten den Platz besetzt.
Bella versuchte, sich die Situation im Sommer vorzustellen, wenn der Müllberg nicht wie jetzt erfroren und mit Schnee bedeckt dalag, sondern in der Hitze vor sich hin stank, wurde aber abgelenkt durch einen Mann auf einem klapprigen Fahrrad, der in Schlangenlinien am Rand der durchlöcherten Straße dahinfuhr. Sie versuchte, so langsam zu fahren, daß er nicht naß wurde, jedenfalls nicht durch sie.
Der Platz, auf dem die Soldaten ihre Essensausgabe eingerichtet hatten, war leicht gefunden; sie brauchte nur den vor ihr fahrenden Wagen nachzufahren und anzuhalten, als die anderen anhielten. Sie stieg aus und ging ihnen nach.
Früher war hier der Eingang, hörte sie einen alten Mann neben sich sagen, als sie angekommen war. Die Reste eines gemauerten Portals waren zu erkennen, dahinter verwahrlostes Gelände, Hügel über ein paar unterirdischen Bunkern, in der Ferne unordentlich abgestellte, vielleicht schrottreife Militärlastwagen.
Wird das hier noch genutzt? fragte sie den Mann, der neben ihr stehengeblieben war.
Ist ein Rest Bundeswehr drauf, sagte er, davor war hier die NVA, naja, und davor Adolf seine. Ach ja, und zwi-

schendurch die Russen, natürlich. Die haben als erstes das Portal weggesprengt. Steinerner Reichsadler mit Hakenkreuz. Hat da drüben noch 'ne ganze Weile im Dreck gelegen. Genauso wie die Hangars, die sind auch weg.
Ich finde, es sind wenig Leute hier, sagte Bella. Es waren viel weniger Menschen gekommen, als sie angenommen hatte. Sie zählte dreißig, zu denen hin und wieder noch jemand dazukam, allerdings niemand aus den verwahrlosten Häusern, die außerhalb des Flugplatzgeländes standen. Vielleicht hatten hier früher die Familien gewohnt, deren Männer auf dem Flugplatz beschäftigt gewesen waren.
Nee, sagte der alte Mann, die haben hier auch ihren Stolz. Vielleicht haben sie's ja auch nicht nötig.
Und Sie? fragte Bella, was ist mit Ihrem Stolz? Sie fand ihre Frage indiskret und ärgerte sich darüber, aber der Alte war nicht beleidigt.
Nee, sagte er, so was hab ich nicht. Nur Lust auf 'ne warme Suppe. Er sagte es in abschließendem Ton und entfernte sich ein paar Schritte von Bella, hin zu dem großen Suppentopf. Von der anderen Seite der Straße her kam eine alte Frau auf einem Fahrrad angeradelt. Bella erkannte die Alte, die sie vor ein paar Tagen in der Garderobe des Hotels nach Christa Böhmer gefragt hatte. Ein Kochgeschirr hing am Lenker des Fahrrads. Bella ging durch das gesprengte Portal, vorbei an den Suppe austeilenden Soldaten. Niemand hinderte sie daran, auf den am nächsten gelegenen Hügel zu klettern. Keines der Bilder des Flugplatzes, das sie im Archiv gesehen hatte, entsprach der Wirklichkeit. Vor ihr lag ein großes, verwahrlostes Gelände, sie konnte sich nicht vorstellen und würde auch nie wissen, was die Böhmer dort gesucht hatte. Sie konnte den Besuch auf dem Flugplatz beenden. Vorsichtig rutschte sie den schneebedeckten Hügel hinab und verließ das Gelände. Sie ging zurück zu ihrem Wagen, ohne das kleine Häufchen Essender noch einmal anzusehen. In der Luft hing der Geruch von Erbsensuppe.

Sie hatte die Wagentür aufgeschlossen und wollte einsteigen, als sie angerufen wurde. Die Alte war hinter ihr hergeradelt. Das Kochgeschirr klapperte leer gegen die Lenkstange.
Ja? sagte Bella.
Die Frau war mindestens achtzig, sprang aber so behende vom Rad, daß Bella nicht umhin konnte, sie zu bewundern. Waren Sie das nicht, die neulich nach dem Giese gefragt hat? sagte sie. Sie hätte eigentlich ein freundliches Gesicht gehabt, jedenfalls nach der Anordnung der Runzeln zu schließen, jetzt sah sie ernst aus. Ernst und entschlossen, dachte Bella, anders jedenfalls als vor ein paar Tagen.
Seine Frau hat sich aufgehängt, sagte die Alte, drüben auf dem Bierkeller. Ich bin eben daran vorbeigekommen. Ich hab der Polizei Bescheid gesagt, da vorn von der Telefonzelle.
Danke, sagte Bella, wo kann ich Sie treffen, im Hotel?
Schon möglich. Sie können es auf jeden Fall dort versuchen.
Bierkeller, dachte Bella, während sie schneller fuhr, als die schlechte Straße es zuließ, auch so ein Wort aus der Vergangenheit. Es ist, als ob ich irgendwelchen Kürzeln nachlaufe, deren Bedeutung ich nicht verstehe, die mich aber trotzdem voranbringen.
Die Frau trug Socken und ein Nachthemd. Zwischen dem Saum und den Socken waren eine Handbreit ihre wächsernen Beine zu sehen. Sie schwang ganz leicht im Wind hin und her, so als gebe sich der Wind Mühe, ihre Blöße unter dem Hemd bedeckt zu halten, oder als schützten sie die dicken Baumstämme und die dichten Sträucher rundherum. Am anderen Ende des Seils lag ein Schlitten. Nirgendwo war ein Werkzeug zu sehen, mit dem sie das Schloß am Tor des Zauns hätte aufgebrochen haben können. Das Schloß mußte schon offen gewesen sein, als die Frau kam. Oder war sie über den Zaun gestiegen?
Bella ging durch das halb offen stehende Tor auf die Tür des Kellers zu. Auch dort war ein Schloß. Es hing an ei-

nem eisernen Riegel, dessen Schrauben locker in der Wand steckten. Sie konnte den Riegel herausnehmen und die Tür öffnen.
Die Sirene eines Polizeiwagens kam näher. Bella steckte die Schrauben zurück in die Wand und ging zum Weg vor dem Zaun. Sie hatte keine Lust auf Polizei. Auf dem Weg zu ihrem Wagen kam sie an dem Schild vorbei, auf dem erklärt wurde, hinter dem Zaun befinde sich eines der letzten Fledermaus-Schutzgebiete.
Natürlich, die Fledermaus, die das kleine Mädchen in den Händen gehalten hatte. Fledermäuse schliefen im Winter, besonders wenn sie in Ruhe gelassen wurden.
Sie erreichte ihren Wagen, bevor die Polizei von der anderen Seite her in den Weg zum Bierkeller einbog. Einen Augenblick blieb sie in sicherer Entfernung stehen und beobachtete das aufgeregt blinkende Blaulicht.
Sie würde mit Giese reden und dann verschwinden. Der Rest war Sache der Polizei. Sie wendete ihren Wagen, erreichte die Landstraße und fuhr bis an den Weg, der zu Gieses Gasthaus führte. Unterwegs kam ihr ein Feuerwehrwagen mit eingeschalteter Sirene entgegen.
Den Wagen ließ sie am Straßenrand stehen. Auf dem Weg zu Gieses Restaurant sah sie Fußspuren im Schnee, die eine Frau in Socken hinterlassen hatte, einen Schlitten hinter sich herziehend. Niemand begegnete ihr. Ohne die Sirene der Polizei und das Bild der Frau im Baum, das sie im Kopf hatte, hätte die Landschaft eine verschneite Bilderbuchlandschaft sein können.
Das Gartentor war nur angelehnt. Bella ging über den Plattenweg auf die Tür des Gasthauses zu. Auch diese Tür war nicht geschlossen. Stimmen waren zu hören. Sie bemühte sich, leise einzutreten. Die Stimmen kamen aus dem Restaurant.
Ich hab keine Ahnung, wo Mutter ist, sagte Giese, und ihr werdet sie gefälligst mit eurer Idee in Ruhe lassen. Sie hat so schon genug Sorgen.

Weil du sie genauso ausnutzt wie uns.
Das war eine Männerstimme. Bella blieb stehen und wartete. Giese brauchte anscheinend ein wenig Zeit, um Luft zu holen.
Vater, versteh doch. Wir wollen hier weg. Du und Mutter, ihr seid jung genug, um das Geschäft noch ein paar Jahre allein zu führen. Euch macht es nichts aus, wenn die Gäste ihre Witze machen. Ossi – das ist doch wie Ochse. Drüben gibt es Arbeit genug. Ich hab doch hier was gelernt –
Der jungen Frau kippte die Stimme, sie begann zu schluchzen.
Jawohl, hier hast du was gelernt, hier und nicht drüben. Und jetzt einfach abhauen. Von Verantwortung wollt ihr nichts wissen. Ihr seid hier aufgewachsen, dies ist euer Land, eure Geschichte, Mutter hat immer gesagt –
Komm, Karin, es hat keinen Zweck. Jetzt macht uns dein Vater noch für die Geschichte verantwortlich. Jochen hat recht. Er ist nichts weiter als ein Opportunist. Soll er doch die Geschichte aufarbeiten, mir reicht's. Und daß du's weißt: Karin und ich, wir haben uns beworben, bei VW, und eine Zusage bekommen. Am Ersten ist hier der Letzte. Mit Mutter reden wir allein.
Den letzten Satz sagte er leiser, seine Schritte kamen auf die Tür zu. Bella hatte keine Zeit mehr zu verschwinden. Die beiden jungen Leute standen plötzlich vor ihr, sahen sie an und gingen weiter, ohne sich um sie zu kümmern. Die Pendeltür schwang hinter ihnen hin und her.
Kurz sah sie Giese im Restaurant stehen. Er blickte den beiden nicht nach, sondern starrte vor sich hin auf den Fußboden. Bella blieb im Flur stehen und überlegte.
Ein geschlagener Mann, dachte sie, vielleicht ein günstiger Augenblick, um ihn zum Reden zu bringen. Dann fiel ihr ein, daß seine Frau tot war. Sie würde es ihm sagen müssen. Mußte sie wirklich? Es dauerte eine Weile, bis sie sich entschloß, hineinzugehen.

Er hatte keine Zeit mehr gehabt, nachzusehen, wann die Frau eingeschlafen war. Die Gäste hielten ihn in Bewegung. Und dann, als er schon dachte, es wäre gleich Feierabend, war diese Frau noch aufgetaucht; das heißt, aufgetaucht war sie schon vorher, sie war ihm bloß nicht mehr aufgefallen. Hatte die ganze Zeit in der halbdunklen Veranda gesessen und gelesen. Jedenfalls lag ein Buch neben ihrem Glas, als er an ihren Tisch kam. Vielleicht hatte sie ja gar nicht gelesen, sondern ihn beobachtet. Das war ihm egal. Als sie dann wirklich von der Böhmer anfing, war er gewarnt. Außerdem hatte er seine Vorsichtsmaßnahme schon längst getroffen. Sollten sie die doch woanders suchen, wenn sie nicht nach Hause kam. Von hier war sie abgereist. Als die Frau ging, war er sicher, sie beruhigt zu haben. Beruhigt – dabei wußte er nicht einmal, ob sie überhaupt gefährlich war. Als die Verliebten davonschwankten, hatte er im Restaurant schon aufgeräumt. Er mußte nur noch die Haustür abschließen und nach oben gehen. Die Frau lag da und schlief. Er konnte lange nicht schlafen.
Je mehr er darüber nachdachte, desto sicherer war er, daß die ganze Sache noch nicht ausgestanden war. Irgendwann würden sie die Polizei zu ihm schicken. Er mußte sich darauf vorbereiten. Sie würden nach Spuren suchen. Es gab keine Spuren im Haus. Er hatte die Leiche über den Fußboden gezogen und die Kellertreppe hinunter. Blutspuren konnten sie wieder sichtbar machen, das wußte er. Da war eine Geschichte im Fernsehen gewesen. Ein junger Mann hatte seine Eltern und seinen Bruder geschlach-

tet und in Säure aufgelöst. Danach hatte er sich vier Wochen Zeit gelassen, um das Haus zu säubern. Vier Wochen hatte er geputzt. Dann war er sicher gewesen, daß keine Spuren mehr da waren, und er war zur Polizei gegangen. Um seine Leute als vermißt zu melden. Hätte er auch zur Polizei gehen sollen? Quatsch, er vermißte die Böhmer ja nicht. Jedenfalls hatte die Polizei irgendeinen Verdacht geschöpft und das Haus durchsucht. Gefunden worden war nichts. Erst beim dritten Mal waren sie dann mit irgendeinem chemischen Zeug gekommen, das sie überall verstrichen hatten. Und dann war plötzlich das ganze Haus voller Blut gewesen.

An seinem Fußboden konnten höchstens Fusseln hängen geblieben sein. Inzwischen war hundertmal aufgewischt worden, auch die Kellertreppe. Außerdem wußten sie ja gar nicht, was die Böhmer angehabt hatte. Sie wußten nicht, wonach sie suchen sollten. Der Gedanke beruhigte ihn ein wenig.

Plötzlich fiel ihm das aufgebrochene Schloß des Bierkellers ein. Er hatte es nicht in Ordnung gebracht. Am liebsten wäre er sofort aufgestanden, um nachzusehen, ob es noch nicht verrutscht war. Er mußte sich zusammennehmen, um ruhig liegen zu bleiben. Im Bierkeller gab es Spuren, das war klar. Sie würden mit der Zeit verschwinden. Es durfte nur niemand vorher auf die Idee kommen, dort nachzusehen. Der einzige Grund, der sie auf die Idee bringen könnte, den Bierkeller zu durchsuchen, war das Schloß. Wenn das Schloß in Ordnung war, gab es keinen Grund, Verdacht zu schöpfen. Er mußte das prüfen.

Nur der Frau nichts davon sagen. Sie schlief jetzt fest. Vielleicht würde es ihr morgen schon bessergehen. Er hätte es ihr nicht sagen sollen. Sie tat ihm leid. Er hätte gern seine Hand nach ihr ausgestreckt und sie getröstet. Aber er fürchtete, sie aufzuwecken. Er lag da, dachte an den warmen Körper seiner Frau und begriff plötzlich, daß er selbst Trost brauchte. Der Gedanke erschreckte ihn.

Er begann sich einzureden, das alles in Ordnung sei, ganz einfach, mit Sätzen, die er wiederholte: Alles in Ordnung, alles in Ordnung, keine Leiche im Keller, so, wie andere Schäfchen zählen, wenn sie nicht einschlafen können. Aber dachte er »Leichen« anstatt »Leiche«. Und plötzlich war das Andere wieder dagewesen, und er hatte sich gefürchtet. Irgendwann, als er begriff, daß er nicht einschlafen würde, war er aufgestanden und hatte sich eins dieser weißen Dinger aus dem Bad geholt. Es dauerte trotzdem noch eine Weile, bis er sich beruhigte.
Und dann hatte er verschlafen. Es war zehn Uhr gewesen, als er aufwachte. Die Frau war schon aufgestanden. Er blieb noch eine Weile liegen. Erst als es noch immer nicht nach Kaffee roch und von unten kein Laut zu hören war, war er aufgestanden, hatte sich angezogen und war hinuntergegangen. Sie war nicht in der Küche gewesen.
Plötzlich hatte er die Idee gehabt, sie könnte zur Polizei gegangen sein. Er war in den Flur gelaufen und hatte erleichtert festgestellt, daß der Mantel dort hing, wo er hingehörte. Und gerade da waren die Kinder gekommen.
Er stand im Restaurant und sah sich um. Die Einrichtung schien ihm seltsam fremd, so als hätte sie ein anderer ausgesucht. Aber er selbst hatte sie bestellt, nach Bildern, die der Brauereivertreter ihnen gezeigt hatte. Es schien, als sei der Abstand zwischen ihm und den Möbeln weiter als sonst, als stünden die Dinge ein wenig schräg und er in einer Senke in der Mitte. Es war nur eine winzige Schräge, aber er spürte sie so deutlich, daß er fürchtete, die Möbel und die schwere Theke könnten auf ihn zurutschen und ihn einschließen. Er schüttelte den Kopf. Was für ein Unsinn, dachte er, das sind die Nachwirkungen der Tablette, ich will einen Schnaps trinken.
Er stand hinter der Theke, als die Schwingtür geöffnet wurde und Bella eintrat.
Geben Sie mir auch einen, sagte sie und hörte, wie das Glas gegen die Flasche schlug, das er in der Hand hielt.

Die alte Frau Günther hatte ihr Fahrrad gegen die Reste der Mauer gelehnt, bevor sie sich in die kleine Schlange einreihte, die vor dem Suppentopf stand. Ein scharfer Ostwind war aufgekommen. Sie hatte ihn auf der Herfahrt im Rücken gespürt, und jetzt pfiff er ihr um die Ohren. Auf dem Heimweg würde sie Mühe haben, gegen ihn anzukommen. Am Bierkeller fuhr sie nicht noch einmal vorbei. Das stand fest. Obwohl sie die Frau dann wahrscheinlich schon abgenommen hatten.
Das war eine Idee: im Nachthemd dahin gehen und sich aufhängen. Vielleicht wollte sie zu Hause keine Umstände machen. Ging ja wohl auch kaum einer in ein Restaurant, wenn da ein paar Tage vorher jemand gehangen hatte. Aber warum? Die waren doch fein raus. Das Restaurant lief gut. Das Haus gehörte ihnen. Ihr Mann war im Gemeinderat. Nur weil der sich um hundertachtzig Grad gedreht hat, bringt man sich doch nicht um.
Geht's da vorn nicht ein bißchen schneller, rief der Mann vor ihr. Uns ist kalt.
Das sind alles junge Kerle. Haben Sie gesehen, wie die mit der Kelle umgehen? Tolpatschiger kann man sich gar nicht anstellen.
Früher haben sie wenigstens Musik dabei gehabt, erwiderte der Mann, immer noch unzufrieden darüber, daß er warten mußte, aber schon ein wenig ruhiger.
Früher, früher, sagte die Alte, früher, mein Lieber, hätte man dich in deinem Alter noch zum Volkssturm geholt. Oder, wer weiß, vielleicht hättest du mit einem Holzbein

vor mir gestanden. Na ja, das wär dir dann wenigstens nicht kalt geworden.
Der Mann vor ihr sagte nichts mehr. Die Schlange rückte langsam vor.
Der Wind war wirklich kalt. Wenigstens würde sie das Dicke von unten kriegen. In diesen großen Töpfen war das Dicke immer unten.
Der Dienst im Hotel begann erst um fünf. Wenn sie sie sowieso rauswerfen würden, könnte sie auch gleich hingehen. Der Gedanke daran, daß sie in der warmen Hotelhalle im Sessel sitzen und ihre Suppe löffeln würde, stimmte sie fröhlich. Eigentlich hatte sie vorgehabt, nach Hause zu fahren und dort zu essen. Aber bei dem Wind. Einen Löffel würden sie ihr in der Küche wohl geben. Na, Oma, sagte der Soldat, dem sie das Kochgeschirr hinhielt, dein Kochgeschirr ist wohl auch noch von damals? Hat schon 'ne Menge mitgemacht, was?
Jawohl, sagte die Alte, Sachen, die du hoffentlich nicht mitmachen mußt. Mach richtig voll, mein Junge.
Der Soldat lachte und füllte das verbeulte Geschirr vorsichtig bis zum Rand mit Suppe. Die Alte trat zur Seite und klappte den Deckel darüber. Sie sah sich suchend um, entdeckte das Rad an der Mauer, ging hin und hängte den Eßnapf an den Lenker. Sie wendete das Rad, schob es auf die Straße und stieg auf.
Schon nach ein paar Metern spürte sie, wie schwer es war, gegen den Wind zu fahren. Eine kleine Strecke lang versuchte sie es trotzdem. Dann gab sie auf, stieg ab und schob das Rad neben sich her. Würde sie eben zu Fuß gehen. Sie hatte Zeit. Und Hunger, dachte sie, beugte sich vor, so daß ihr Kopf auf gleicher Höhe mit dem Lenker war, und versuchte, ein wenig schneller zu gehen. Sie brauchte Zeit, um den richtigen Rhythmus beim Gehen zu finden, aber dann ging es ganz gut.
Ihre Gedanken kehrten zurück zu der Frau im Baum. Manche Bilder vergißt man nicht, dachte sie, vielleicht,

weil ich sie schon als Kind gekannt hab. Komisch, daß man nie weiß, was aus den Kindern wird, wenn sie erwachsen werden. Obwohl, zu dem Giese hat sie nicht gepaßt. Jeder hat sich gewundert, als die Hochzeit bekannt wurde. Waren ja Zeiten, wo man keine großen Hochzeitsfeiern machte, damals. Besonders, wo die Familie zu denen gehört hat, die verfolgt worden waren. Was man ja von seiner Familie nicht gerade sagen kann. Sie blieb stehen, richtete sich auf und sah nach vorn. Wenn ich die Straße erreicht habe, wird es leichter gehen, dachte sie, dann kann ich wieder aufsteigen.
Die alte Frau brauchte fast eine Stunde, bis sie das Hotel erreicht hatte. Als sie abstieg und ihr Rad in den Fahrradständer neben dem Eingang schob, spürte sie, daß ihr die Knie weh taten. Die Suppe in dem Blechgeschirr war kalt geworden. Sie ging quer durch das Foyer, durch einen Seitenkorridor in die Küche und bat den Koch, die Suppe aufzuwärmen. Als sie zurückkam, hielt sie einen Löffel in der Hand und trug das Kochgeschirr vor sich her. An der Rezeption standen zwei Kofferträger und schäkerten mit dem Mädchen in der durchsichtigen Bluse. Die Alte suchte sich einen bequemen Sessel, ließ sich nieder und begann zu essen. Niemand kümmerte sich um sie.

Giese stellte die Flasche ab und sah Bella an. Unter seinen Augen entwickelten sich langsam zwei rote Dreiecke, rechts und links begrenzt von den Wangenknochen und den Falten neben seinen Nasenflügeln. Die Hand, die das Schnapsglas hielt, zitterte immer noch. Das lautlose Zittern wirkte auf Bella erschreckender als das Klappern der Flasche am Glas. Es fiel ihr schwer, den Blick von der Hand abzuwenden. Sie starrte darauf, bis Giese sich mit einer plötzlichen Anstrengung zusammennahm, das Glas zum Mund führte und das leere Glas mit einem lauten Schlag auf den Tresen setzte.
Was wollen Sie hier? Wir haben geschlossen, sagte er, hörbar bemüht, seiner Stimme einen forschen Klang zu geben.
Erst mal möchte ich einen Schnaps. Und dann will ich mit Ihnen reden.
Bella blieb ruhig und freundlich. Der Mann vor ihr war am Ende, aber er wollte es nicht zugeben, vielleicht nicht einmal vor sich selbst. Er würde versuchen zu kämpfen. Sie hatte keine Ahnung, ob er ein guter Kämpfer war. Sie nahm eher an, er würde schnell aufgeben. So oder so, er war ihr nicht gewachsen, und sie hatte keine Lust, auf einem am Boden Liegenden herumzutrampeln.
Setzen Sie sich hin, sagte sie, den Schnaps kann ich mir selbst einschenken. Ich nehme an, Sie können auch noch einen gebrauchen. Giese antwortete nicht. Sie ging an ihm vorbei, um ein Glas zu suchen.
Raus hier, sagte er leise. Bella kümmerte sich nicht um ihn, nahm ein Schnapsglas aus dem Regal hinter der The-

ke, griff an Giese vorbei nach dessen Glas und stellte beide Gläser nebeneinander. Als sie die Flasche in die Hand nahm, stieß er sie so unvermittelt zur Seite, daß sie das Gleichgewicht verlor. Sie wäre gefallen, wenn das Querbrett des Tresens sie nicht aufgehalten hätte.
Das ist immer noch mein Laden, hörte sie Giese sagen, während sie sich aufrichtete und die schmerzenden Rippen hielt. Seine Hand zitterte nicht mehr, als er die Gläser bis zum Rand füllte. Seine Stimme war fester als vorher. Sieh an, dachte Bella, was so eine kleine aggressive Handlung alles bewirken kann. Nur nicht mit mir, Freundchen.
Ich hoffe für Sie, daß Sie Rücklagen haben, sagte sie. Ihr Verteidiger wird Sie eine Menge Geld kosten. Nützen wird es übrigens nichts. Deshalb glaube ich, Sie werden nicht mehr viel Freude an dem Laden hier haben, wenn Sie ihn nicht sowieso verkaufen müssen. Wegen der Kosten für die Verteidigung, meine ich.
Jetzt trinken Sie Ihren Schnaps und dann machen Sie, daß Sie rauskommen, sagte Giese, während er den Platz hinter der Theke verließ und sich so an den Stammtisch setzte, daß er Bella im Auge behalten konnte. Bella sah hinter ihm die Wand mit den Rehgeweihen und auf den Tischen die Weihnachtssterne. Plötzlich empfand sie einen großen Widerwillen gegen den Mann, der da vor ihr saß und versuchte, überlegen zu wirken. Sie hatte keine Lust mehr, auch nur eine Minute länger als nötig zu bleiben.
Sie haben Christa Böhmer getötet, sagte sie. Ich weiß noch nicht, wie. Aber ich weiß, wo Sie die Leiche versteckt haben. Und in weniger als ein paar Stunden wird die Polizei es ebenfalls wissen.
Giese starrte sie an. Die Dreiecke unter seinen Augen wurden wieder stärker.
Sie sind von der Polizei, sagte er. Bella ließ seine Feststellung unbeantwortet.
Sagen Sie mir, weshalb, antwortete sie. Die Frau ist über vierzig Jahre nicht hier gewesen. Dann kommt sie ein

paarmal zu Ihnen, und Sie bringen sie um. Was war der Grund? Was hatten Sie von ihr zu befürchten?
Giese antwortete nicht. Wenn sie ihm jetzt Zeit ließe, wenn sie vorsichtig mit ihm umginge, würde er nichts sagen.
Na gut, dachte sie, du hast es nicht anders gewollt. Sie nahm die Flasche, ging zu Giese an den Stammtisch und füllte sein Glas. In ihrem Rücken knackte die Kuckucksuhr. Sie stellte die Flasche auf dem Tisch ab und setzte sich Giese gegenüber. Das Knacken hörte auf. Einen Augenblick lang war es sehr still. Vor dem Fenster begann es wieder zu schneien. Es roch nach verbrannten Tannenzweigen. Neben dem Messingschild mit der Aufschrift STAMMTISCH stand eine kleine weiße Porzellanschale, in der zwei Herzen lagen. Die Herzen waren in rotes Stanniolpapier eingewickelt.
Giese starrte mit gesenktem Kopf auf sein volles Glas.
Ihre Tochter und Ihr Schwiegersohn gehen in den Westen, sagte Bella.
Er hob den Kopf und sah sie an.
Was Jochen von Ihnen hält, wissen Sie ja.
Er nahm den Kopf ein wenig zurück. Er sah aus, als wolle er einer Ohrfeige ausweichen.
Gestern abend hat Ihre Frau dort durch die Tür gesehen. Sie hatte Angst. Ihre Frau ist tot, sagte Bella. Sie hat sich erhängt.
Er hätte es überwunden. Die Sache mit den Kindern hätte er überwunden. Vielleicht hätte er sich damit getröstet, daß sie eines Tages zurückgekommen wären. Mancher war schon zurückgekommen. Jochen war ein Spinner. Den mußte man nicht ernst nehmen. Den nahm niemand mehr ernst. Der verkaufte nicht mal seine Bilder. Aber die Frau. Wie viele Jahre hatten sie nachts nebeneinandergelegen? Ja, sie war dumm gewesen. Aber das war gleich. Sie hatte zu ihm gehalten. Sie war sogar jetzt nicht zur Polizei gegangen. Mit ihrem Körper hatte sie ihn getrö-

stet. Zusammen hätten sie es geschafft. Er hatte ihr die Reise versprochen. Sie wären in den Süden gefahren. Wein probieren. Eine neue Dauerwelle.
Wir wollten in den Süden, sagte er leise. Ich hatte es ihr versprochen. Sie hat nicht durchgehalten.
Sie hat es gewußt, sagte Bella. Hat sie Ihnen geholfen?
Im Sommer ist sie gekommen, sagte Giese. Sie wollte wissen, was mit ihrem Vater war. Ich hab ihr gesagt, ihr Vater war in Ordnung. Aber sie ist immer wieder gekommen, mit Fotos, auf denen war er in Uniform. SS. Die hätte nicht locker gelassen. Die Vergangenheit wollte sie aufarbeiten. Ich hab ihm geholfen, damals. Er machte eine Pause. Als er weitersprach, war seine Stimme so leise, daß Bella sich Mühe geben mußte, um ihn zu verstehen.
Januar 1945. Ich bin Briefträger. Die HJ-Jungen sind jetzt Briefträger. Das Haus nebenan ist schon leer. Die Leute sind vor den Russen abgehauen. Sie bekamen noch Post. Ich ging hin, und da war er drin. Er hat sie gefunden.
Giese schwieg.
Wen hatte er gefunden, fragte Bella.
Es sind zwei Männer und eine Frau. Sie sehen schrecklich aus, verhungert. Er sagt, die Schweine sind aus dem KZ abgehauen. Aber sie sind nicht schlau genug. Sieh dir doch ihre Visagen an, da siehst du gleich, was mit ihnen los ist. Die Jüdlein haben gedacht, sie können sich hier verstecken. Wir haben sie in den Garten gebracht. Sie waren ganz leicht. Einer –
Giese sprach nicht weiter. Bella drängte ihn nicht. Sie saß da und sah den Mann in der schwarzen Uniform, der die Flüchtigen umbrachte, und den Jungen, der ihm dabei half. Ihr wurde übel.
Sie stand auf.
Ich gehe jetzt, sagte sie. Ich nehme an, die Polizei wird bald hier sein. Erzählen Sie denen Ihre Geschichte.
Giese rührte sich nicht. An der Tür sah sie sich noch einmal um. Er saß da, inmitten der weißgedeckten, weih-

nachtlich geschmückten Tische, seine Hände lagen ruhig auf der Tischplatte. Er sah ihr nicht nach. Bella glaubte zu wissen, was er sah.
Draußen holte sie tief Luft. Ein paar Schneeflocken fielen auf ihre Lippen. Sie hielt ihr Gesicht einen Augenblick dem Schnee entgegen, bevor sie zurück zum Wagen ging. Es war immer noch Sonntag. Aus den Schornsteinen der Siedlungshäuser stieg der Rauch gerade in die Höhe. In den Backöfen schmorten die Sonntagsbraten. Die Gärten waren verschneit. In einem der Gärten lagen Tote unter dem Schnee. Sie war froh, als sie ihr Auto erreicht hatte.
Sehr langsam führ sie zurück. Sie würde das Auto abgeben und in der Billardkneipe sitzen bleiben, bis ihr Zug fuhr.
Die Böhmer hatte Giese mit ihren Fragen angst gemacht. Er mußte glauben, sie würde nicht lockerlassen. Irgendwann wäre sie auf eine Spur des Verbrechens gestoßen. Man hätte Nachforschungen angestellt. Er mußte gefürchtet haben, mit der Geschichte konfrontiert zu werden. Das hätte seine Pläne zunichte gemacht. Er konnte ja nicht wissen, daß die Böhmer wahrscheinlich gar nicht daran interessiert gewesen war, die üble Vergangenheit ihres Vaters an die große Glocke zu hängen. Wenn sie so dachte wie ihre Mutter, würde sie wahrscheinlich eher Entschuldigungen für ihn gefunden haben; ganz davon abgesehen, daß der Staat nicht besonders daran interessiert war, Verbrechen dieser Art aufzuklären. Wahrscheinlich hatte Giese auch das falsch eingeschätzt.
Die Feuerwehr und die Polizei waren abgezogen. Der Hohlweg, der zum Bierkeller führte, lag verlassen da. Die Polizei war nicht aus dem Dorf, sondern aus der Stadt gekommen. Es würde also noch eine Weile dauern, bis sie herausgefunden hatten, wer die Tote war.
Einen Augenblick überlegte Bella, ob sie anrufen und den Namen der Frau sagen sollte. Dann entschied sie sich da-

gegen. Wenn sie ihren Namen angab, würde sie aufgefordert werden zu warten.
Wahrscheinlich würde sie ihren Zug nicht mehr bekommen. Der Gedanke, noch eine Nacht in der Gegend zu verbringen, gefiel ihr nicht. Vielleicht hätte sie anrufen und ihren Namen verschweigen sollen. Aber sie ließ es sein, fuhr langsam auf die Stadt zu, durch eine Wand von Schnee, die nur hin und wieder zur Seite geblasen wurde. Dann sah sie einen hohen, schlanken und einen fast so hohen, breiten Kirchturm, ein seltsam altmodisch anmutendes Bild, wie von Caspar David Friedrich gemalt.
Als sie auf der linken Seite der Straße das Hotel erkannte, in dem sie am Anfang ihres Aufenthalts die Garderobenfrau nach der Böhmer gefragt hatte, bog sie kurzentschlossen von der Straße ab. Die alte Frau hatte ihr gefallen. Sie wollte sich von ihr verabschieden. Auf dem Parkplatz vor dem Hotel standen nur wenig Autos. Sie stieg aus, warf die Tür ins Schloß und ging zum Eingang. Den Wagen, der von der Straße abbog und ebenfalls auf den Hotelparkplatz zusteuerte, beachtete sie nicht.

Als Bella das Restaurant verließ, sah Giese ihr nach. Er sah, wie sie ihr Gesicht dem Schnee entgegenhielt. Sie sah aus, als genieße sie den Schnee auf ihrer Haut. Sie sah so lebendig aus. Sie sah aus, als ginge es ihr gut, weil sie ihn reingelegt hatte. Er konnte fühlen, während er dasaß und wartete, daß sie vor den Fenstern verschwand, wie die Wut in ihm entstand. Es war ein schönes Gefühl, anders als alles, was er bisher empfunden hatte. Als die Frau am letzten Fenster vorbeigegangen war, sie ging langsam, mein Gott, weshalb geht sie so langsam, stand er auf und ging in den Keller.
Er hatte die Pistole nicht weggeworfen, wie der Nachbar ihm geraten hatte. Sie lag, in Ölpapier eingeschlagen und hin und wieder sorgfältig gereinigt, unter dem Angelzeug. Er hatte ja auch das Gift nicht weggeworfen, das der Nachbar ihm damals gegeben hatte.
Für alle Fälle, wir von der SS werden denen nicht in die Hände fallen. Und du gehörst jetzt zu uns.
Natürlich lag die Pistole noch da. Für alle Fälle. Für jetzt. Er verließ das Haus durch die Vordertür, setzte sich in seinen Wagen und fuhr langsam an der Vorderseite der Siedlungshäuser entlang. Kurz bevor er die Straße erreichte, hielt er an. Er konnte sehen, wie die Frau, die dafür verantwortlich war, daß seine Frau nicht durchgehalten hatte, ruhig in ihr Auto stieg und davonfuhr.
Sie würde nicht weit kommen. Sie kamen hierher, zerstörten das Leben anderer und gingen wieder. So, als sei nichts geschehen. Sie hatten kein Recht dazu. Er war nicht anders als sie. Auf ihm konnte niemand herumtrampeln.

Als er durch die Hoteltür ging, hielt er die Pistole in der Hand. Das Mädchen an der Rezeption sagte leise »huch«. Die alte Frau im Sessel blickte ihm entgegen. Bella sah die Veränderung in ihrem Gesicht und wandte sich um. Giese gab zwei Schüsse ab, traf die Alte zweimal in die Brust und drückte ein drittes Mal ab. Diesmal versagte die Pistole. Bella lief auf ihn zu. Er machte keine Anstalten zu fliehen. Sie nahm ihm die Pistole aus der Hand, zog ihre eigene Waffe und richtete sie auf Giese.
Rufen Sie die Polizei und einen Krankenwagen, sagte sie laut. Schneller, als sie erwartet hatte, drückte das Mädchen die Telefontasten.

Bella saß in der Billardkneipe und wartete auf ihren Zug.
Es war das übliche Theater gewesen. Die Polizei kam, aufgeregter, als sie hätte sein sollen. Der Kripomann, den sie schon kannte, sprach mit den wenigen Menschen, die sich zur Zeit der Tat in der Halle des Hotels aufgehalten hatten. Die alte Frau war sofort tot gewesen. Die Leiche wurde untersucht, fotografiert und später abtransportiert. Giese war nicht ansprechbar. Man brachte ihn weg. Bella war sicher, er würde auch in den kommenden Tagen nicht reden. Vielleicht später, wenn er einen guten Anwalt bekam. Aber Anwälte, wie er einen gebraucht hätte, gab es nicht viele.
Sie bezeichnete sich als Touristin, die zufällig mit der alten Frau gesprochen hatte, als der Mann die Hotelhalle betrat. Sie erzählte wahrheitsgemäß, daß sie über deren plötzlich veränderten Gesichtsausdruck erstaunt gewesen sei und sich umgewandt habe.
In dem Augenblick hat der Kerl geschossen, sagte sie.
Sie sagte nicht, daß die Schüsse ihr gegolten hatten, und niemand fragte danach. Es gab zwei kritische Augenblicke während der Vernehmung. Der Kripomann hatte zuerst mit der Frau an der Rezeption gesprochen. Bella wußte nicht, ob die Frau den Revolver erwähnt hatte, den sie, völlig überflüssig, wie sie inzwischen fand, einen Augenblick auf Giese gerichtet hatte. Aber die Frau erwähnte den Revolver nicht. Sie litt an der üblichen Zeugenverwirrung und versuchte immer wieder darzustellen, wie Oma Günther sich aus dem Sessel aufgerichtet und ein ums andere Mal gerufen hatte: Nein, nicht. Nichts davon war wirklich geschehen.

Das zweite Problem ergab sich, als der Polizist fragte, ob sie Giese kannte.
Darauf hatte sie sich eine Antwort zurechtgelegt, während sie auf die Polizei warteten. Die Frage war, ob sie ausreichte.
Sie sagte, sie habe vor ein paar Tagen in seinem Restaurant zu Abend gegessen, jedenfalls glaube sie, daß es der Mann gewesen sei, der ihr die Hirschkeule serviert habe. Er habe heute anders ausgesehen, aber sie glaube trotzdem, daß er es sei. Alle Anwesenden und auch die Polizisten waren so fest der Meinung, Giese habe die Absicht gehabt, die alte Frau zu treffen, daß niemand auf die Idee kam, Bella, die Fremde, genauer zu befragen. Sie hatte ihre Adresse hinterlassen müssen. Vielleicht würde sie als Zeugin gebraucht werden.
Jetzt, während sie in der Kneipe saß, dachte sie, daß eine Ladung als Zeugin davon abhängig war, ob es einem Anwalt gelang, Giese davon zu überzeugen, daß er reinen Tisch machen sollte. Sie hielt es für unwahrscheinlich.
Am Nebentisch saßen vier Männer und eine Frau. Hin und wieder hörte sie Bruchstücke ihrer Unterhaltung. Es ging um den Verkauf von Grundstücken, später um Autos und Urlaubsreisen. Der Billardtisch stand ungenutzt im Halbdunkel.
Irgend etwas ist falsch hier, dachte Bella, ich weiß noch nicht, was, aber ich bin ganz dicht dran. Sie sah auf die Uhr. Es war Zeit zu gehen. Sie stand auf und zahlte vorn an der Theke. Die Wirtin nahm das Geld entgegen.
Hat's Ihnen bei uns gefallen? sagte sie. Ihre Stimme war so gleichgültig-freundlich wie an dem Tag, als Bella angekommen war. Sie paßte zu den Decken vor den Fenstern, dem Filzvorhang vor der Tür und dem toten Billardtisch.
Bella hängte sich ihre Tasche über die Schulter und trat vor die Tür. Es war kalt, die Straße war leer, in der Ferne war das weiße Licht der Bahnhofslaternen zu erkennen.

Bella war bei Frau Böhmer gewesen und hatte ihr mitgeteilt, daß ihre Tochter ermordet worden war. Die alte Frau war nicht zusammengebrochen, sondern hatte genickt, als sie hörte, daß die Polizei sich in den nächsten Stunden bei ihr melden würde. Einen kurzen Augenblick dachte sie, Frau Böhmer wisse schon Bescheid, so beherrscht hatte sie gewirkt. Aus den wenigen Fragen, die sie stellte, konnte Bella dann entnehmen, daß noch niemand mit ihr gesprochen hatte. Vielleicht würde sie weinen, wenn sie allein war.
Anschließend war Bella zu Olga gegangen, die voller Neugierde darauf wartete, was ihre Tochter über die Menschen im Osten zu sagen hatte. Bella erzählte wahrheitsgemäß, Olga glaubte ihr kein Wort. Einzig das Wort »Besatzungsarmee«, das Bella gebrauchte, um das Verhalten einiger Westler zu charakterisieren, fand ihre Zustimmung. Bella hatte nicht die geringste Lust verspürt, eine Diskussion über politische Scheuklappen anzufangen. Sie schützte Müdigkeit vor und verabschiedete sich.
Geh ruhig, mein Kind, sagte Olga beim Abschied. Ich bin nur froh, daß du diesen scheußlichen Beruf nicht mehr ausübst.
Bella widersprach ihr nicht – warum sollte sie die alte Frau beunruhigen.
Zu Hause im Arbeitszimmer saß Willy. Sie hatte Kaffee gekocht, vorsichtshalber aber auch Orangensaft und zwei Gläser auf das Tablett neben dem Sessel am Fenster gestellt.
Und? sagte Bella, kein Wodka?

Willy holte die Flasche aus dem Kühlfach. Als sie aus der Küche zurückkam, sah sie Bella so neugierig an, daß die lachen mußte.
Ich fang mal mit dem Ende an, sagte sie, während sie Willy ihr Glas hinhielt. Ich habe begriffen, daß man, wenn man die Freiheit, das Leben will, in seinen Überlegungen von dem Höchsten ausgehen muß, von etwas Wichtigerem, als es Bananen oder ein Auto, Reisen oder gute Geschäfte im landläufigen Sinn sind, oder man braucht überhaupt nicht zu überlegen.
Und? fragte Willy, die Leute da drüben? Haben die das auch begriffen?
Eben nicht, antwortete Bella, weder die da drüben noch die bei uns.
Schamlos, sagte Willy, nachdem sie einen Augenblick geschwiegen hatte.
Was meinen Sie?
Mir ist gerade aufgefallen, daß vor Ihnen schon einmal jemand etwas sehr Ähnliches gesagt hat. Sie lachte.
Ja, sagte Bella, Tschechow, über die Liebe. Vielleicht ist es doch nicht so verkehrt, daß Sie inzwischen bei den Slawisten zuhören.
Macht es Ihnen etwas aus, fragte Willy, mir das Tschechow-Zitat zu sagen? Ich hör Sie so gern reden. Bella trank einen Schluck Wodka mit Orangensaft, bevor sie sagte:
Ich begriff, daß man, wenn man liebt, in seinen Überlegungen von dem Höchsten ausgehen muß, von etwas Wichtigerem, als es Glück oder Unglück, Sünde oder Tugend im landläufigen Sinn sind, oder man braucht überhaupt nicht zu überlegen.
Willy dachte eine Weile nach. Dann sagte sie: Weshalb haben wir eigentlich nie einen Fall mit Liebe, ich meine, so mit richtiger echter Liebe –
Warten Sie ab, antwortete Bella, vielleicht kommt ja auch Liebe vor in dem Fall, von dem ich Ihnen gleich ausführ-

lich erzählen werde. Aber vorher, und bevor es zu spät ist, lassen Sie uns einen Augenblick aus dem Fenster schauen. Haben Sie schon einmal einen so schönen Sonnenuntergang gesehen? Und sie zeigte auf die Elbe, die dalag wie ein Lavastrom, rotglühend und flußaufwärts in ein blaues Grau übergehend, das jedem hanseatischen Kammgarnanzug alle Ehre gemacht hätte.